NADA VAI ACONTECER COM VOCÊ

SIMONE CAMPOS

Nada vai acontecer com você

COMPANHIA DAS LETRAS

Copyright © 2019 by Simone Campos

Grafia atualizada segundo o Acordo Ortográfico da Língua Portuguesa de 1990, que entrou em vigor no Brasil em 2009.

Capa
Joana Figueiredo

Imagem de capa
Vadim Tissen

Preparação
Ciça Caropreso

Revisão
Ana Luiza Couto
Luciane H. Gomide

Os personagens e as situações desta obra são reais apenas no universo da ficção; não se referem a pessoas e fatos concretos, e não emitem opinião sobre eles.

Dados Internacionais de Catalogação na Publicação (CIP)
(Câmara Brasileira do Livro, SP, Brasil)

Campos, Simone
     Nada vai acontecer com você / Simone Campos. — 1ª ed. —
São Paulo : Companhia das Letras, 2021.

     ISBN 978-65-5921-047-3

     1. Ficção brasileira I. Título.

21-58345   CDD-B869.3

Índice para catálogo sistemático:
1. Ficção : Literatura brasileira   B869.3

Maria Alice Ferreira – Bibliotecária – CRB-8/7964

[2021]
Todos os direitos desta edição reservados à
EDITORA SCHWARCZ S.A.
Rua Bandeira Paulista, 702, cj. 32
04532-002 — São Paulo — SP
Telefone: (11) 3707-3500
www.companhiadasletras.com.br
www.blogdacompanhia.com.br
facebook.com/companhiadasletras
instagram.com/companhiadasletras
twitter.com/cialetras

Sumário

PARTE I 15

PARTE II 109

PARTE III 171

PARTE IV 179

Agradecimentos 189

Lucinda

O anúncio da melhor banda larga do Brasil no verso da banca de jornais não aparentava qualquer relação com a ruiva de sorriso rasgado e pele leitosa que o ilustrava. Ela sorria mirando o horizonte, com uma etérea blusa branca e a boca de quem ia começar a falar. Lucinda imaginou o clique gerado quase fortuitamente por uma transição de pose durante a sessão de fotos encomendada pela agência, passando de 3/4 de perfil para uma encarada quase frontal à câmera. O fotógrafo teria feito um gesto apontando para onde ela deveria olhar — o infinito —, ela teria obedecido e, *voilà*, a foto perfeita a ser selecionada dentre uma multitude de outras onde mil outras moças em mil outras poses *quase* perfeitas seriam preteridas depois de testes junto ao texto do anúncio.

A atenção de Lucinda foi atraída para o canto da imagem — para *fora* da imagem. Na quina da banca, meio oculta por um poste em posição estratégica, uma jovem muito pálida de cabelo castanho e óculos esfregava o rosto com força. Lucinda percebeu então que a jovem não estava sozinha e que esfregava o rosto em protesto contra o beijo no nariz que seu namorado, alto e magro e cor de café, acabava de lhe aplicar. No *nariz*! A insolência! Mas o protesto não pareceu surtir efeito nenhum: o rapaz estava determinado a beijar partes não ortodoxas do rosto dela em público e agora atacava a bochecha — com uma lambida! —, em seguida de novo o nariz.

O que... o que estou vendo?, pensou Lucinda, e acelerou assim que o sinal abriu. Ela não podia se demorar ali; tinha que ir a toda àquele ponto ermo no meio da estrada. E assim, quem sabe, encontrar sua irmã.

Viviana não era a mulher do comercial. A mulher do comercial era branca e ruiva; sua irmã, como ela, era cabocla: cabelo preto e liso, traços de índia, pele acobreada-dourada. O tom dourado ela conseguia tomando sol no play ou no clube; não gostava de praia. Já Lucinda passava o dia todo no escritório e no estúdio, se alimentando de luz de refletor.

Sua irmã aparecia em comerciais, mas não dos que saem em bancas, ou na TV, ou em qualquer mídia mais cara. Já vira sua irmã em um anúncio de ônibus e em um jornal de bairro; frequentemente ilustrando matérias de portais da internet; certa vez, num folheto de dentista ("Seu sorriso, seu cartão de visita!").

A forma despreocupada como Viviana respondia *modelo* a quem perguntava *o que você faz* não deixava ninguém ver qualquer ponta de frustração com o fato de seu rosto ser valioso para ilustrar matérias sobre a vida sexual do casal moderno, alimentação saudável e tendências da moda, mas não para vender banda larga de alcance nacional, como a ruiva da banca de jornais. E nunca, nunca conseguir o papel com fala num comercial. Quanto mais uma passarela.

Mas nem sempre fora assim.

* * *

Viviana (12) e Lucinda (16) faziam francês no mesmo curso de idiomas, à tarde. O inglês do colégio era bom o suficiente, não precisavam de reforço externo. O colégio que frequentavam, particular e venerável, tinha obsessão pela palavra "solidariedade" e promovia constantes eventos, trabalhos em grupo e concursos relacionados ao tema. Algum tempo depois, o lema seria esquecido por completo e trocado por "empreendedorismo", novo ideal para o milênio, a ser almejado por todo aluno que quisesse ir a algum lugar na vida. Antes dessas duas, já tinha havido "meio ambiente".

Era 1998. As pessoas compravam CDs e conheciam a dor específica no sabugo da unha ao arrancar etiquetas antifurto grudadas no interior da embalagem. Também era de conhecimento notório que a pilha do discman sempre acabava antes do CD dentro dele. Quando as irmãs estavam no carro, Viviana tinha que subornar a mãe com bom comportamento para poder escolher a estação de rádio em que invariavelmente tocaria "How Bizarre" ou "Macarena". Sim, as pessoas ouviam rádio não só no carro como também em casa, fossem crianças, adolescentes ou adultas; e ainda havia quem ouvisse todo dia A Voz do Brasil, geralmente gente velha. Executivos escutavam notícias sobre economia em tempo real, o status do trânsito na hora do rush e, aos domingos, o jogo de futebol. Os mais pobres escutavam a Imprensa FM se fossem jovens, a 98 se fossem românticos e a Copacabana se fossem evangélicos. Era o jeito de conhecer música, de se informar, de se sentir parte de uma comunidade de pessoas quem nem sempre mandavam no controle remoto da sala ou tinham uma segunda TV em casa. Era importante.

Daquela vez estava tocando Spice Girls, e Viviana cantava junto, baixinho, no banco de trás do carro, segurando simbolicamente seu discman. Lucinda ia na frente com a mãe e falava:

— Eu não vou pro francês maquiada.

— Lucy, você lava o rosto e vai, pronto.

— Mas não sei que gosma vão tacar no meu cabelo, vai ficar estranho... Além do mais, vou ficar esgotada.

Cássia quase sorriu ao repetir:

— "Esgotada"...

Chegaram à rua do estúdio. Cássia começou a fazer sua baliza perfeita. Lucinda estava tensa, o corpo engessado no lugar, mãos tocando a curva do joelho. Cássia, olhando para trás enquanto manobrava, disse:

— Bom, vou pra minha audiência. Vivi vai ficar com você, e quando terminar você me bipa, Lucy. E pede um táxi pra vocês voltarem. Nada de ônibus.

Lucinda assentiu e espremeu os lábios, olhando para a frente:

— Tá bom.

Viviana não esboçou reação. Pediu dinheiro pra comprar um Mupy na padaria em frente, e ganhou.

As irmãs subiram de elevador. No saguão, uma garota loira e linda, provavelmente de agência de talentos, aguardava sua vez já maquiada, sentada num banco. Um garoto pálido e nervoso acabava de sair de lá, sacudindo a camisa social que colava em sua magreza.

Elas se separaram sem uma palavra, Vivi sentando-se no lugar mais próximo à saída e Lucinda sendo recebida pelo produtor.

— Bom dia — ele disse, conferindo a prancheta que tinha nas mãos. — Lu-cin-da, não é? Meu nome é Renato, sou o produtor aqui do Conexão França, tudo bem? Você trouxe a autorização assinada? Ótimo. Pode aguardar, por favor. Logo vão te chamar pelo nome, viu?

Lucinda se sentou, esperou um pouco e foi chamada. Notou que a base que iria usar teve que ser apanhada numa bolsa no alto de um armário. Todos os outros candidatos deviam ter usado a cor marfim, ainda sobre a mesa. O creme estava frio ao tocar seu rosto, por causa do ar-condicionado, o que foi agradável. Depois da base, a grossa camada de pó escondeu suas marcas de espinha na parte de baixo da bochecha. Desde que começara a passar a pomada com ácido, elas haviam diminuído bastante, mas ainda eram visíveis.

Um pouco antes de sair da salinha de maquiagem, Lucinda entreviu pela fresta da porta a garota loira deixando o estúdio com um sorriso triste.

Tempos depois, o produtor foi até onde Lucinda aguardava e disse:

— Você é a próxima. Pode entrar. Como é seu nome mesmo?

— Lucy.

— Lucy, venha, por favor — disse ele, pondo a mão em suas costas e guiando-a até uma porta pintada de preto. Eles entraram e o produtor pediu que Lucinda se posicionasse dentro do quadrado branco de fita-crepe colado no piso. Renato fazia uma voz macia, tranquilizadora, enquanto Lucy tentava evitar manifestar qualquer sinal de nervosismo.

— Você tem que olhar ali para o teleprompter, onde está o texto, está vendo? Você vai ler direto de lá, e vai parecer que você está olhando para a câmera. O texto está todo em francês, para a nossa professora de francês avaliar sua pronúncia. — Renato apontou para a professora perto da câmera. — Não precisa ter pressa. Leia devagar. A gente vai controlar o *prompter*, para o texto ir subindo no seu ritmo de leitura, à medida que você lê. Você não pode mexer muito o corpo para os lados, mas também não deve ficar totalmente parada. É pra parecer à vontade. Entendeu?

Lucinda tinha entendido. Olhou para a frente, preparou um semissorriso.

— Pronta, Lucy?

Ela assentiu.

Da porta, ele anunciou:

— Gravando!

Enquanto Lucinda lia com inflexão de uma apresentação escolar, o produtor olhou para o banco, através da porta preta deixada aberta, e viu uma menina sentada sozinha. A última. Depois poderia almoçar. Ele foi até ela.

— Você veio pro teste?

A menina levantou os olhos do Mupy que segurava.

— Não. Sou irmã da Lucy. Viviana.

— Quantos anos você tem?

— Treze — mentiu ela.

— Você também faz francês? Não quer fazer o teste?

Viviana continuou olhando para ele, imóvel.

— Faz o teste, sim — disse ele, indicando a porta da maquiadora. — Ali a maquiagem. Você mal precisa. Passa lá e depois vai pro estúdio. Espera, tem uma pessoa lá agora — disse, esticando o pescoço. — Você é a próxima.

Ele estendeu a prancheta para Viviana. O formulário de autorização que Cássia havia assinado para Lucinda estava por cima.

— Enquanto isso, preenche aqui, por favor.

Havia um espaço matreiro depois do nome de Lucinda onde caberia direitinho o nome de Viviana. Ela entendeu e começou a escrever.

— Não tenho identidade.

— Tudo bem. Deixe em branco.

Ele acompanhou o preenchimento com as mãos no bolso, conferiu e depois a levou ele mesmo à maquiagem.

Dali até aquela foto na revista de domingo que tanto circulou pelas salas de aulas e banheiros da escola até ficar amassada foi um pulo. O editorial de moda para o réveillon trazia Viviana brindando, espumante na mão, com um modelo de olho azul e cabelo loiro repartido ao meio, a franja recaindo pelas laterais numa letra M. Na página de abertura, as espáduas morenas de Viviana eram adornadas por uma frente única, um mero trapo cintilante terminado em V que deixava ver seu umbiguinho perfeito e, de alguma maneira, também o desenho de suas costas. O prateado furta-cor da blusa, quase perfurado pelos seios de seta de Viviana, contrastava bem com sua pele e seu cabelo negro estrategicamente recolhido e dobrado sobre o ombro, assim como sua mão morena de unhas francesinhas pousada no branco da camisa dele, pouco abaixo do primeiro botão desabotoado. O peito do rapaz também era moreno, mas de sol, não natural — e depilado: ele devia nadar, ou ser michê.

PARTE I

1.

Lucinda

Lucinda acorda ao alvorecer, sem despertador. Vê a luz difusa furando as bordas da cortina blecaute, se vira para alcançar o celular e conferir as horas. O sistema dele se atualizou durante a noite, e a previsão do tempo é de trinta e três graus para o dia.

Olha para o outro lado da cama, onde Nelson dorme. Não há a menor possibilidade de conseguir dormir de novo, e, ainda que conseguisse, hoje é dia de acordar cedo, portanto nem valeria a pena. À noite pode dormir mais, o quanto quiser, pois é sexta. Vai para o chuveiro, largando a roupa de dormir pelo caminho.

Às vezes ela acordava chutando o nada, como hoje; sempre na alvorada. A ansiedade deixava suas pernas nervosas. O problema vinha de longa data e diminuíra bastante depois de vários tratamentos, inclusive dentário. Mas de vez em quando ele dava as caras de novo, misteriosamente.

Não vai lavar o cabelo naquele banho, de forma que o prende num coque e o protege com touca. Pega o sabonete e esparrama pelo corpo, pelas axilas, embaixo dos seios, no pescoço, no rosto, e dá um pulo sob a água: é o alarme que toca, alto, em cima da pia. Estende a mão, esfrega na toalha e a desliza sobre a tela do celular. Daí a dez minutos ele teria tocado de novo, se ela não tivesse aproveitado para desativar toda a sequência de alarmes programados.

Ela se veste, come uma maçã e faz o café. Não vai acordar Nelson de seu invejável sono profundo.

Desce. Dez pras sete. Contempla o trânsito já querendo ficar parado na Jardim Botânico e trota pelo meio dos carros atravessando a rua. Quem a vê pode achar que ela está ávida para passar os próximos cinquenta minutos falando de si mesma para uma profissional credenciada. Mas é só a avidez de quitar o compromisso. De chegar lá e acabar logo com aquilo.

Antes de entrar na sala, olha para o telefone deitado na palma da mão sabendo que é hora de desligá-lo. E o desliga. Senta-se no sofá amarelo de tecido e a psicóloga diz:

— Bonita sua trança.

Segura-se para não responder: "O quê, agora estou mais 'feminina'?". Ou talvez aquele comentário tenha sido uma provocação, para fazê-la reagir justamente daquele jeito. Não conseguia ler aquela moça branca de óculos pretos um pouco mais velha que ela. Pergunta-se de novo por que continua indo lá. A ambientação pensada para ser benévola, a decoração em tons quase pastel, tudo aquilo lhe caía mal.

Mas precisa ficar boa. Precisa tentar.

Começa a falar. Hoje, pelo menos, tem um bom mote.

— Estou sozinha no Rio hoje. Minha mãe e minha irmã estão viajando. Pra lugares diferentes. Minha irmã é modelo, viaja sempre a trabalho. E eu fico cuidando do gato dela e molhando as plantas, porque o apartamento dela fica perto do meu trabalho. Agora, a minha mãe não viaja nunca. É muito centralizadora, muito workaholic. Foi obrigada pelo médico a tirar férias. Foi pro Caribe com duas amigas.

— E o que você acha da viagem da sua mãe?

— Eu acho que todo mundo tem que pensar em si mesmo de vez em quando. No fundo acho que era isso que ela estava tentando fazer, do jeito dela. Mas depois o corpo cobra.

Sempre assim: no começo não tem vontade de falar, aos poucos engrena e envereda num monólogo até o tempo acabar. É o que acontece — mais uma vez. Depois que a porta se fecha às suas costas, Lucinda liga o celular de novo. Desce e volta para casa. Come uma barra de cereal. Pega o carro e enfrenta o engarrafamento até o Humaitá.

Entra no vestiário e começa a enfaixar a mão. Gostava de pensar na psicanálise como um prelúdio à porrada. "Se juntar os dois, é superjungiano", disse uma vez, fazendo Nelson gargalhar. Mas é meio sério. Precisava fazer coisas com o corpo para fazer melhor coisas com a mente, por isso gostava que as duas atividades estivessem próximas. Então suas sextas-feiras eram psicanalista às sete e *muay thai* na sequência.

Mas precisa ser algo tão violento?, pergunta a voz da mãe em sua cabeça. É, precisa. Pelo jeito precisa. Desde criança havia tentado balé, jazz, *street dance*, ginástica olímpica, teatro, até estacar nas aulas de música (teclado, depois violão, depois guitarra e baixo). Lucinda devia ter desconfiado, pelo tanto que gostava das oficinas de judô ou capoeira na colônia de férias. Agora lembra como as outras crianças, menores que ela, tinham medo dela e que esse medo lhe dava medo. Ficava se tolhendo. Hoje em dia, não mais. Agora é todo mundo adulto, ninguém ia chamá-la de brutalhona ou sapatona por fazer o que seu corpo pedia. E, se chamassem, bem, podia moê-los na porrada.

Aquecem com corda e corridinhas, começam as séries com contagem, depois golpes em dupla. A dupla de Lucinda é a outra mulher da aula, Taciana, uma louraça belzebu clássica, inclusive pelo fator farmácia. Seu corpo quase mignon é uma massa socada de músculos proteinados. Hoje ela está usando uma bandana com caveirinhas, vermelha. Lucinda não tem medo de bater nela.

Sai da aula pensando que poderia viajar com Nelson. Alugar um chalé ou uma pousada na serra, e ir. Nunca fizeram isso. Tira as luvas, pega a bolsa na saleta ao lado do tatame e desce para o vestiário feminino.

Removendo os paramentos, se vê no espelho, suada e desgrenhada dentro do short bufante e do top. Preto com pink, GG. Lembra o dia em que viu uma luta de MMA de graça porque Viviana foi chamada para ser *ring girl*, ficar segurando as placas que anunciavam os rounds. Ela tinha usado a versão sex shop dos calções masculinos, um short preto, minúsculo, agarrado no corpo, com um cintinho fake, e o top liso sem nenhuma estruturação séria para os seios, como o que Lucinda estava tirando agora. Ainda assim, Viviana dera um jeito de parecer um pouco suada, ou untada, talvez por ordens da organização, e usara uma bela trança embutida que de fato era prática para lutar. Como a que Lucinda está usando agora.

Começa a desfazê-la. Tira da bolsa xampu, condicionador, pente e toalha e entra no box. Lembra quando começou a perceber que a vida não tratava todos da mesma forma. Sua mãe, Cássia, era filha de um dono de cartório maranhense, sobrinha de um grande advogado e prima de alguns juízes espalhados pelo território nacional. Uma princesa do direito brasileiro. Ela sempre fora "a menina dos Bocayuva" em meio a tantos primos homens, e ninguém estranhou quando ela também resolveu entrar naquela carreira, ainda que estranhassem quando realmente resolveu exercê-la — sem nem tentar um concurso público antes?

A mãe de Cássia tinha morrido cedo, e, mesmo que ela tivesse estudado num dos melhores colégios para meninas da sociedade carioca, que aceitara a pequena cabocla por virtude das carteiradas de seu pai, Cássia considerava falha a criação que recebera dele e das babás, e queria que suas filhas tivessem tudo o que ela não tivera em matéria de feminilidade. Furou as orelhas das duas ainda bebês, levava Viviana e Lucinda a shoppings, depiladoras e salões de beleza — só os melhores e mais caros, que elogiavam o cabelo e a pele delas antes de atacá-los com químicas e de novo antes de mostrar a conta. Também praias, cinema açucarado, cursos de música e de idiomas, nada de esportes com bola sem ser voleibol. O método consagrado de se tornar mulher, pelo menos no Rio de Janeiro da época.

Um dia, Lucinda, com catorze anos, chegou em casa com um piercing na sobrancelha. A reação de Cássia foi muito diferente do que a menina esperava: em vez de gritar ou criticar, fez cara de fastio. Sua expressão dizia: *Tão inteligente... pena que não entendeu nada*. E aí Lucinda entendeu tudo.

Antes Lucinda achava que o plano da mãe era as filhas galgarem a escada da ascensão social como ela mesma não tinha conseguido — se tornando as mais lindas, populares e descoladas de todas, até por fim encoleirarem os partidos mais cobiçados de todos, e produzirem netos. A feminilidade seria competitiva, inclusive entre irmãs. E Lucinda abominava isso, com sua integridade *girl power* anos 90 e o sobrepeso que veladamente a tirava daquele jogo. Só que aquele jogo nunca tinha sido para nenhuma delas. As três Bocayuva tinham rosto caboclo, pele de um acobreado-escuro, cabelo liso feito cortinas para o rosto. Lucinda era a única a ter herdado certa ondulação do pai, e vivia se submetendo a hidratações e relaxamentos para coibi-la. O jogo das duas irmãs era tentar parecer normal, ou seja, brancas, como quase todo mundo na escola. E, bem, colocar piercing não ajudava. Mesmo sendo só um pontinho prateado, não era a mesma coisa que as seis argolinhas na orelha da colega loira, com mais uma de lambuja no nariz. Se você for a Barbie, aí, sim, pode ser o que quiser.

Lucinda sai do chuveiro e, nua, se abaixa para pegar seu celular no bolso de fora da mochila. Fica olhando sem entender. É uma foto. Uma foto que alguém tinha tirado do próprio pau, duro, com o celular dela, enquanto ela estava na aula. Uma extensão de pele bege-amarelada se afunilando para a esquerda e um pé de sapato social marrom lá embaixo, sobre o ladrilho branco-sujo da salinha onde todos deixavam suas coisas. Lucinda tinha sido a primeira a chegar, depois do professor.

Tenta reconhecer o sapato. Quem estava de sapato social hoje? Funcionário da academia não era. Algum colega de turma, talvez. Repassa na cabeça aqueles homens desinteressantes com quem se porrava duas ou três vezes por semana. Analisa as regiões amareladas e escurecidas ao longo do corpo do pênis, que sugerem um dono com uma base de pele um pouco amarelada. Pedro é branco róseo, Dênis é negro retinto, Rafael puxado para o café, feito ela. Estão eliminados. De pele meio amarelada tem o tal advogado chato, o... como é o nome dele mesmo? Régis. Podia ser ele o exibido, exceto que ele sempre usa calça escura, e na foto se vê uma barra de calça creme sobre o sapato marrom. Calça creme e sapato marrom parece roupa de administrador de empresas, de funcionário público. Enquanto Lucinda veste a legging sentada na tampa do vaso sanitário, lista nomes e rostos na cabeça: Bruno. Telmo. Cristiano. Maurício.

O saco não aparece na foto, pensa Lucinda, alçando devagar os braços para enfiar o sutiã e baixando rápido um deles para tocar na tela e mantê-la acesa. Se as bolas estivessem na foto, seu caimento e rugosidade poderiam denunciar a idade do perpetrador, e nesse caso ela acusaria Cristiano, o único membro da turma que beirava os sessenta. Mas a verdade é que dos suspeitos restantes ele é o menos provável, porque dificilmente conheceria o truque de destravar um celular só arrastando o ícone da câmera para cima e, além disso, não conseguiria ficar de pau duro assim, na pressão, por demanda. Ela se sente um pouco mal por pensar essa cadeia de pensamentos atrozes sobre os colegas. Mas é isso, né? Exibicionismo. Um crime em que o culpado quer ser descoberto. E admirado... por sua virilidade, engenho e *coragem*. Ha! Tá bom. Pior que — Lucinda se dá conta — está fazendo exatamente o que ele quer: tentando descobrir quem é. Para talvez ir atrás dele.

Assim que pensa isso, ela entende quem é: Bruno. O seu vizinho. Claro. Todas aquelas latas de *whey* que ele tirava do porta-malas em frente ao prédio onde moram... o culto ao corpo — Bruno praticava mais de uma arte marcial —, a indignação que ele devia sentir por sua vizinha gorda não parecer desejá-lo, nem mesmo quando o chutava e jogava no chão. Ela só não sabia o que estava perdendo... claro. Lucinda se sente um pouco decepcionada consigo mesma, agastada por não ter pensado nele de cara.

Lucinda visualiza o porta-malas, o *whey*, e também uma mulher, loira, dando a volta no carro preto — se namorada ou esposa, torrada de praia ou branquinha de escritório, não sabe nem quer saber. O carro era dela, o *whey* era dele e o pinto também. Lucinda pode ter um pouco daquilo também, se quiser. A imagem da degradação estava completa.

De tão distraída com o pinto-surpresa, ela quase perde a hora. Chega no estúdio esbaforida, já ajudando o estagiário a ajustar o rebatedor, revendo pendências de seu checklist, apressando o convidado pelo corredor. Como todos os programas que gravam, esse é educacional: uma entrevista com desenvolvedores de softwares sobre o papel da escola e da faculdade no trabalho deles (e, sem nenhuma surpresa, foi dificílimo arranjar aquelas pessoas). Quando por fim é liberada para o almoço, se dá conta de que havia seis ligações perdidas em seu celular. Número desconhecido de São Paulo. Certamente telemarketing. Checa algumas notificações, curte alguns posts nas redes sociais e enfia o aparelho de volta no bolso.

O relógio de parede da copa informa: está almoçando às onze da manhã, ainda mais cedo do que de costume. O serviço público tem lá suas vantagens, pensa ela: embora os blocos de tempo variem, a rotina é mais ou menos a mesma, e o horário de almoço tem de fato uma hora. É importante mastigar devagar, não apenas engolir a comida; isso é que mata. Abre uma salada pronta de copo enquanto a parte quente da refeição roda no micro-ondas. Era freguesa da salada de dez reais de um certo mercado saudável — melhor seria dizer "dependente" —, porque fora o único jeito de se reeducar para comer direito, dada sua vida corrida.

"Salada maluca", dizia a etiqueta. Lucinda espalha metade do molho sobre a camada folhosa de cima e mergulha o garfo lá dentro para puxar do fundo a parte mais interessante: frango desfiado, palmito e ervilhas. Despeja a outra metade do molho, mistura mais um pouco e começa a comer. Repara que sua companheira de copa, Diane, come de um pote plástico quadrado algum tipo de comida saudável e fria com quiabo, grão-de-bico em pasta e berinjela. Diane não gosta de comida quente. Assim que termina, a colega pede licença e vai fumar junto do basculante, enquanto Lucinda, depois de terminar a salada, começa a cortar seu triste canelone de frango e a inserir os pedaços na boca.

— Vai na festa da Marlene, Cindy? — pergunta Diane.

— Não, eu não contribuí — responde Lucinda.

— O pessoal do terceiro andar é tranquilo.

Lucinda lança um olhar enviesado a Diane e para de comer.

— Comigo eles não são tranquilos, não, Di.

— Ah, é aquela parada do *dress code*?

— Eles te apelidaram de Frozen e eu de Moana.

— Isso foi a Sílvia, até nome de cobra ela tinha. O resto do pessoal é legal. Fugir não é solução.

— É, mas eu tô de saco cheio.

— Vai comigo — diz Diane, baforando. — Se eles te chatearem eu arranco a cabeça deles.

Lucinda dá uma risadinha.

— Vou pensar.

Enquanto lava seus talheres, Lucinda fica pensando naquele seu apelido infame no trabalho. Assim que o filme da Disney foi lançado, tinham dado um jeito de apelidá-la de Moana — para combinar com Diana, sua amiga loira, a Frozen —, e de que ela ficasse sabendo disso. A personagem era fofa, o apelido não. Com ele seus colegas queriam dizer: *Estamos vendo sua diferença, querida*. E também havia uma pitada de volúpia em transformar um personagem infantil em um não elogio de fundo sexual. Mais ou menos como tinha sido com Viviana na escola, apelidada de *Tainá* na época do filme. Lucinda nunca tinha recebido um apelido desses antes, só os descaradamente maldosos mesmo. Teve que esperar até que personagens infantis corpulentos com pontas de cabelo onduladas começassem a se tornar imagináveis na cultura pop para ser contemplada. E mesmo agora, não ficou feliz com isso.

Lucinda termina de comer e volta ao trabalho. Agora, trabalho de escritório, na frente do computador. Ao sentar, sente o tremor do celular indicando a chegada de uma mensagem. Do mesmo número de São Paulo. Telemarketing não mandava mensagem de áudio, pelo menos até onde ela sabia. Achando estranho, aperta o play.

— Lucinda? Tudo bem? Aqui é Graziane, uma amiga da sua irmã aqui de São Paulo. Desculpa ter te ligado tanto, mas é que estou preocupada. A Viviana e eu tínhamos marcado de encontrar hoje, e ela não apareceu. Você sabe se está tudo bem com ela, se ela acabou voltando pro Rio?

Lucinda escuta a mensagem de novo. A moça tem sotaque paranaense. Imagina uma loira longilínea, leste-europeia. Modelo também. E com um nome desses deve ser do interior. Chega outra mensagem.

— Ela não está respondendo as minhas mensagens nem visualizando desde ontem à noite. Estou preocupada. Me diz se conseguir falar com ela?

Será que é um golpe? Algum golpe novo? Lucinda decide telefonar logo para a irmã.

Ela não atende. O coração de Lucinda se acelera.

Manda mensagens de texto. Liga para o telefone fixo de Viviana até ele parar de tocar. Telefona para o celular da irmã nove vezes e em todas dá fora de área. Enquanto deixa um recado de voz na caixa postal de Vivi, sai de fininho rumo ao banheiro de cadeirantes do terceiro andar, puxando o ar em grandes sorvos e expulsando-os logo em seguida. Topa com Diane na escada de serviço, fumando. Ela joga o cigarro no chão e pisa, segurando seu ombro.

— Nossa, você tá verde — comenta Diane, tocando o braço de Lucinda.

A mão dela está quente e seca como uma lixa. Lucinda continua a descer, cuspindo um "tô enjoada", vara a porta corta-fogo do andar de baixo e se tranca no banheiro, cerrando os olhos. Ali ninguém vai procurá-la. Faz um tempo que ela não tem um ataque desses, pensa, tocando o esterno para se acalmar — nossa, anos? Mas este não está sendo como os anteriores, sem motivo; o motivo está bem claro. Ela abre a bolsa e vasculha em busca de qualquer coisa que possa ajudá-la, medicação, agenda, caderninho. Enquanto os objetos vão caindo pelo chão um a um, a palavra PRESSENTIMENTO surge escrita em balões prateados em sua cabeça, como se seu cérebro precisasse soletrar a coisa para ela se tornar real. Pressentimentos não são reais, pensa, mas o que é? O que *foi*?

É que Lucinda está certa de que Vivi desapareceu, de que desapareceu *mesmo*, de que a falta de contato não é um acaso qualquer. Ela tinha viajado na segunda para voltar sexta à tarde; nesses quatro dias de ausência da irmã, Lucinda precisava ir ao apartamento dela apenas duas vezes, é o que haviam combinado. Ontem, depois de alimentar o gato e ir para casa dormir, nem falou mais com a irmã, nem pra desejar boa viagem. Josefel e as plantas de Vivi não precisam de outra visita ainda; aguentam até quarenta e oito horas sem supervisão. Mas hoje nenhuma mensagem visualizada, nenhuma ligação atendida, e nada de Viviana em casa ou recado avisando da demora? Tem algo de errado. Aconteceu alguma coisa com ela.

"Alguma coisa." Viviana morta, é claro. Numa vala.

E ela, a irmã mais velha, lesada, sempre correndo, sempre maldormida, agora precisa se acalmar, pensar. Para onde Viviana tinha viajado mesmo? Nem isso ela sabe. Não se preocupou em perguntar, afinal as viagens da irmã eram tão frequentes. Acha que Vivi pode ter ido modelar no Sul, talvez em Curitiba, cidade onde a agência costumava lhe conseguir mais trabalhos. Só que Graziane havia telefonado de São Paulo, elas iriam se encontrar lá. Uma amiga de quem Lucinda nunca tinha ouvido falar.

Continua ligando freneticamente para Viviana, conferindo se ao lado das mensagens enviadas aparecem os dois tiques cinza de entregues ou azul de visualizadas. E não aparecem. Por mais que olhe e olhe de novo. Sua irmã nunca se separava do celular. Se tivesse sido furtada, arranjaria um novo em dois tempos.

Entra nas redes sociais de Viviana. Nenhuma postagem recente. Viviana tem um Instagram-portfólio cheio de aparições publicitárias, fotos tiradas em intervalos de gravações, *making ofs* de filmes, comerciais e séries em que fizera pontas, e poses em que aparece de camiseta branca, intercaladas com fotos de biquíni. Lucinda não gosta daquela conta, e agora, olhando melhor, percebe o porquê: era a mistura de particular com público destinada a criar uma falsa intimidade. E a vida particular era montagem: olha ela sorrindo e tomando açaí, a garota carioca perfeita, dona do sol e da areia, usando um biquíni amarelo da pré-coleção de verão de uma grife praieira. Mechas californianas nos cabelos pretos. Pernas intermináveis. Ninguém diria que Vivi na verdade não gostava de praia. Ou de sorrir. Lucinda olha de relance o número alto de seguidores, que nem sabia se tinham sido comprados. Última postagem: dois dias atrás, de vestido longo, num estúdio de fundo infinito branco, sem localização.

Telefona para a portaria do apartamento de Vivi em São Paulo e conversa com um porteiro chamado Sérgio, que diz que a última vez que ela esteve ali foi na tarde do dia anterior. Telefona para a tal amiga paulista.

— Oi, Graziane, aqui é Lucinda, irmã da Viviana. Infelizmente ainda não tive notícias dela. O que vocês tinham combinado de fazer hoje?

— Um brunch.

— Quando você falou com ela pela última vez?

— Ontem à tarde. Pra combinar o brunch.

— Vocês se conhecem de onde?

— Também sou modelo.

— Tá. — Lucinda se dá por satisfeita. — Desculpa o interrogatório, viu. Estou nervosa porque também não estou conseguindo falar com ela. — Verdade, está mesmo, mas perguntou mais para saber com quem estava tratando. — Você não faz ideia de para onde ela pode ter ido?

— Não, não faço ideia.

Ela está mentindo? Ou escondendo alguma coisa? Lucinda resolve insistir.

— Nenhuma ideia mesmo? Pensa um pouco.

— Ela mencionou que tinha um trabalho em vista, sim, mas, olha, era por fora. Melhor você nem perguntar na agência.

— Ela não falou o que era?

— Não falou.

— Tá bom. Acho que vou falar com a polícia daqui. Você pode tentar descobrir alguma coisa aí, ligar pros hospitais...? Eu vou telefonar pra alguns hospitais daqui também. Me mantém informada?

— Claro.

Lucinda se despede com um "fica tranquila, a gente vai encontrar a Vivi" absolutamente insincero. Sente a cabeça rodar. Viviana desaparecida. Sua irmã idiota alertada por uma estranha. Viviana podia ter sofrido um acidente, estar num hospital paulistano relapso. Ou alguém podia ter feito mal a ela. Algum louco, algum apaixonado, alguma colega ciumenta. Quem sabe até Graziane.

Lucinda olha para a foto dela no aplicativo de mensagens, redonda e pequenina, em plano americano, a natureza como fundo. De fato, loira e longilínea e europeia do Leste. Uma ninfa. Não consegue imaginar uma mulher daquelas como perigosa, exceto num *film noir*. Talvez fosse esse o charme.

Começa a ligar para hospitais dando o nome e a descrição física de Viviana. Acaba telefonando para alguns hospitais paulistanos também. Depois para postos do IML, centrais e periféricos. Ninguém sabia de Viviana. "Ela é modelo, magra, alta, um metro e oitenta e cinco. Pele escura, cara de índia." Fácil de identificar que não, ninguém com essa descrição tinha dado entrada nesses locais desde ontem à noite. Nem mesmo no necrotério.

Sua irmã não estava em lugar nenhum.

Digita o nome da mãe no celular e liga para ela. Cai direto na caixa postal. Claro, ela estava no meio de suas merecidas férias. Desde que se entendia por gente, Cássia estava sempre ocupada. Depois da separação, tinha decidido abrir um escritório próprio, abandonando enfim a firma do velho amigo de seu pai, que se recusava a torná-la sócia, mesmo não tendo herdeiros no ramo ou alguém mais dedicado do que ela trabalhando com ele. A Bocayuva & Associados quis se estabelecer na área do direito tributário, mas foi na vara de família, com o boom dos divórcios, dos litígios pela guarda de filhos, que o escritório de Cássia foi propelido ao tipo de fama discreta que tantos advogados almejam. Suas ex-colegas de escolas de elite estavam se divorciando e a procuravam.

Por sua longa atuação como advogada tributarista, Cássia sabia todos os truques para esconder dinheiro no exterior; ao mesmo tempo, por ser mulher e estar começando seu próprio negócio, ninguém dava nada por ela. Não sabiam do que ela era capaz. Assinou muitos acordos extrajudiciais com futuros ex-maridos simplesmente ameaçando denunciar suas descobertas à Receita Federal. Esses sucessos a estimularam a expandir sua atuação, e ela foi contratando jovens e veteranos de talento até constituir um escritório robusto e respeitado. Nada a decepcionou mais do que nenhuma das filhas querer cursar direito e dar seguimento ao seu caminho vitorioso.

Lucinda não deixa recado na caixa postal da mãe porque sabe que ela não ouve. A data de nascimento de Cássia a situava entre uma *baby boomer* tardia e uma integrante precoce da geração X. Era do tipo centralizador, adorava um celular, mas ao mesmo tempo aquela tecnologia nova e rápida a exauria. Lidando com todo tipo de gente e assuntos por meio daquela maquineta multifacetada, Cássia evitava chamadas, desprezava a caixa postal, ignorava e-mails, levava dias para visualizar mensagens (quando visualizava), e seu secretário filtrava muito bem o que ia para o fixo do escritório, dando-lhe apenas os recados mais importantes. A essa altura Lucinda e Viviana já eram crescidinhas, resolvidas e bem de saúde, de forma que Cássia não pensava que precisaria atendê-las com urgência. A saúde dela mesma, no entanto, começava a reclamar do ritmo acelerado, e, depois do último check-up, o médico tinha lhe receitado umas boas férias.

Lucinda tenta a mãe de novo. No que ouve a voz mecânica dizendo "fora de área", pensa se vai arriscar deixar recado. Mas dizendo o quê? *Oi, mãe, tudo bem? A Viviana sumiu desde ontem, segundo uma conhecida dela de quem nunca ouvi falar, e desde a hora do almoço de hoje, segundo eu mesma. Ainda não tentei descobrir onde ela esteve nesses dias nem procurei a polícia, mas já liguei para todos os hospitais e necrotérios daqui, e nada. Ou seja, a gente já sabe que ela deve ter sido desovada em algum rio poluído.*

Lucinda prevê que a reação de Cássia flutuaria entre dois polos não mutuamente excludentes: diligência frenética e crítica à sua negligência enquanto irmã mais velha. Lucinda precisava tomar alguma atitude, de preferência várias, que demonstrasse seu empenho e presença de espírito; tinha que, no mínimo, descobrir o último paradeiro da irmã, coletar possíveis pistas de seu desaparecimento, tratar com a polícia. E precisava fazer isso antes que Cássia ouvisse sua mensagem e respondesse. Ter uma performance mínima de irmã mais velha. Aí estaria pronta para falar com a mãe. Ainda assim, quando fosse falar, sabia que enfrentaria uma fúria incondicional, descabida, como se ela mesma tivesse levado a caçula pela mão para dentro de uma mata e a largado lá, sem nem uma migalha de pão pra remédio.

Assim, Lucinda opta por deixar um recado lacônico na caixa postal da mãe e uma mensagem de texto em todos os aplicativos de chat: "Oi, mãe, não estou conseguindo falar com a Viviana, estou atrás dela, me liga assim que puder". Inspira fundo e instila os próprios genes a expressarem a melhor Cássia que lhes for possível. Em algum lugar deles deve haver uma.

2.

Lucinda

Depois de procurar por uma vaga na rua Bambina, sem sucesso, Lucinda estaciona na perpendicular ao shopping. Andar de carro à tarde por Botafogo era um inferno, mas aquela é a delegacia mais próxima e ela não tem tempo a perder. Olha o celular: quem sabe a irmã já viu as mensagens, ou a mãe. Nada. Veste o blazer mesmo com calor: talvez imponha mais respeito.

A casinha antiga e em tom pastel é uma Delegacia Legal, conforme anuncia uma placa de bronze pregada na fachada. Junto ao balcão alto de madeira, um casal jovem que aguarda a impressão do B.O. faz as últimas perguntas ao policial atendente, um senhor de óculos grossos e rabo de cavalo branco. Tinham roubado o carro deles. Torcendo as mãos, Lucinda espera sua vez, enquanto contempla o Mapa de Roubos e Furtos em Botafogo e Imediações pregado na parede. O casal recebe seu B.O. e deixa a delegacia.

— Pois não?

— Eu queria dar parte de uma pessoa desaparecida. Minha irmã.

— Há quanto tempo ela sumiu?

— Um dia.

— Vinte e quatro horas?

— Umas... vinte horas.

— Onde ela sumiu?

— Em São Paulo. Ela mora aqui, viajou, eu fiquei cuidando do gato dela, e de repente ela parou de responder as minhas mensagens. Nem visualiza.

O senhor olha por cima dos óculos, pachorrento:

— Tem certeza de que ela desapareceu? Não pode só ter perdido o celular?

— Tenho certeza. Uma amiga dela me ligou agora há pouco perguntando dela, elas tinham marcado um encontro, mas a minha irmã não apareceu. O porteiro do prédio dela em São Paulo também não viu mais ela desde ontem.

— O ideal, ideal, mesmo, era fazer o registro em São Paulo. Será que ela não está no avião ou sem bateria no celular? Pode ter perdido o carregador ou...

— ...mas a essa hora ela já devia ter voltado pro Rio.

— E não voltou.

— Não.

— Se você tem certeza — diz o atendente, olhando de esguelha —, você pode dar parte. Mas lembrando que acionar a polícia sem necessidade é crime.

Lucinda está começando a se aborrecer.

— Tenho certeza, sim. Pode dar entrada aí.

Local do desaparecimento? São Paulo, capital. Nome completo? Viviana Bocayuva dos Santos. Data de nascimento? 22 de janeiro de 1987. Profissão? Modelo. Estado civil? Solteira. Tem namorado? Não. Algum distúrbio ou problema mental? Não. Consome drogas? Não! Local de residência? Humaitá.

O atendente imprime um formulário e diz: "Leia e assine". Ela assina.

— E agora, o que acontece?

— O caso vai pra Delegacia de Descoberta de Paradeiros. Eles vão procurar sua irmã nos hospitais e no IML. Mas seria bom contatar todos os parentes possíveis, ela pode estar com algum deles.

— Tá.

Ele estende um pedaço de papel cortado a régua e circula um número no alto.

— É o WhatsApp da DDPA. Se você ou eles lá tiverem alguma informação da sua irmã, a comunicação pode ser por aí. Manda uma foto recente dela pra esse WhatsApp. Eles vão fazer um pôster digital e divulgar no Facebook. Se possível você mesma faça uma postagem nas redes sociais, de repente alguém sabe alguma coisa.

Lucinda guarda os papéis na bolsa e sai da delegacia. Lá fora, uma viatura cheia de PMs com bico de fuzil para fora está chegando. No banco de trás gradeado, um rapaz negro, careca e sem camisa está de mãos para trás, cabisbaixo.

Ela arranca o blazer suado enquanto anda. Manobra rápido o carro para fora da vaga e vai direto à casa de Vivi no Humaitá. Dirige sem prestar muita atenção no trânsito e quase sem formular um pensamento coerente: *O compromisso noturno, o compromisso... lá vou eu abrir o notebook dela e descobrir por onde ela andou, sei que é invasivo, mas preciso.* Não bate o carro por milagre ou por reflexo. Enquanto sobe de elevador ao apartamento da irmã, o ataque começa a querer voltar. Chega à porta porejando, taquicárdica. Abre a porta, vê o gato na sala, vai direto ao computador.

Em cima da mesa de centro, o laptop mais parece uma tábua de cortar carne. Lucinda senta na ponta do sofá, abre o computador, liga. A tela pede uma senha. Tenta "Viviana". "Vivi". "Lucinda". "Cássia". "RitadeCássia", o prenome que a mãe não usa, com caixa-alta, baixa, alta e baixa, sem acento. Tenta

"Josefel", o nome do gato. Combina tudo isso com datas de nascimento. Nada. Merda. Tem aquela sensação horrível de novo. O pensamento se infiltrando pelas barricadas que levantara: *trabalhando para descobrir se sua irmã está morta*. No final desta trajetória vai encontrá-la. Morta. Lucinda se dá conta de que começou a andar de um lado para o outro na sala, observando os livros e objetos da irmã, procurando uma inspiração, uma pista. Livros demais, estantes até o teto (e havia mais no quarto de hóspedes). Não conseguiria isolar em tantos livros uma referência que a ajudasse a chutar uma senha. Está perdendo tempo. *Por que a demônia não usa senhas óbvias ou anota elas na borracha como todo mundo?* Podia haver um post-it em algum lugar, um bilhete com a senha anotada. Vai até o bloquinho ao lado do telefone. Lembra-se de filmes em que as pessoas os rabiscavam com um lápis inclinado e assim decifravam as marcas do que havia sido escrito à mão no papel de cima, gravado com força à caneta. Mas ela sabe que Vivi era organizada demais para deixar até mesmo um papelzinho fora do lugar. Além disso, ela quase nem usava mais o telefone fixo. Curiosamente, também não era fã de deixar nada na nuvem, de permitir que aplicativos conhecessem sua localização — dizia não confiar nesses serviços ditos seguros, em especial os americanos. Meio paranoica ela. Mas bem que podia ter anotado coisas importantes em algum lugar, para o caso de uma emergência. Um lugar que alguém de sua família fosse capaz de encontrar.

Bem. Talvez.

Lucinda vai até o quarto, abre o armário e afasta os cabides de uma só vez, metade para cada lado, e olha para baixo. No fundo, um cofre chumbado onde Viviana guarda joias e dinheiro. Lucinda sabe a combinação. Tenta duas vezes, a mão tremendo. Envelopes com maços de dinheiro, euros e dólares, e joias demais para alguém que não pode usá-las em sua cidade violenta. Começa a tirá-las a mancheias, depositando-as na cama e iluminando o fundo do cofre com a lanterna do celular. Abre os envelopes, os estojos, folheia os maços de dinheiro. Nada de senha. Ali não está.

Então se vê revirando gavetas feito mãe de adolescente. Encontra vibradores, lingeries sexy. Fecha a gaveta com um empurrão deslizante. Acima dos cabides há uma prateleira com uma pilha enorme de mangás embalados individualmente em plástico. Lucinda puxa uma das torres para fora e, atrás dela, vê apenas mais e mais torres de papel. Dá um grito, bate as portas planejadas. *Cadê o caralho dessa senha? Não tenho tempo pra charada. Você vai aparecer, Vivi? Aparece, ela ordena. Vai. Agora. Me liga agora, pra eu ficar morta de raiva mas aliviada.* Lucinda olha para a tela do celular, imperativa. *Liga. Liga agora. Para de sacanagem.* Desaba na cama e procura acalmar o choro convulsivo, olhos fechados. Passado algum tempo, inspirando e expirando, disca de novo o número da irmã e vê mais uma chamada inútil cair no nada. Essa merda zen nunca funcionou com ela, pensa; precisa de remédios.

Lucinda salta da cama e escancara o armário do banheiro. No fundo, atrás de muitos cremes e apetrechos de beleza, há uma caixa organizadora grande com frascos e saquinhos cheios de folhagens e flores, e outro menor com pomadas e comprimidos, alguns de tarja preta. Ela engole um, calmante — não precisa de água. Vasculha a caixa maior e encontra um monte de ervas e cogumelos, tudo medicinal de uma forma ou de outra. Lembra que a irmã, anos atrás, antes de morar no exterior, lhe sugeriu microdoses de cogumelos para combater seus sintomas depressivos — tinha dado certo com ela. A vontade de Lucinda é largar tudo como está, mas acaba recolocando cada coisa no devido lugar dentro do armário. De repente, parada ali, uma ideia vem clara para ela.

Sentando-se ao computador, Lucinda clica na opção para quem esqueceu a senha. "Ver dica de senha", oferece a tela. E Lucinda aceita.

ELE VEM VOANDO DE ONDE NÃO SE ESPERA, diz a dica.

Como se fossem entidades independentes, seus dedos digitam uma senha que criara certa vez para acessar um serviço compartilhado com a irmã. A tela pisca e lhe dá boas-vindas. Lucinda exala todo o ar preso nos pulmões.

"Tessaralho" era a senha, com arrobas no lugar dos As e zero no lugar do O. Tesserato + passaralho. Ela se lembra de quando contara a senha escolhida para a irmã, da risada gutural e lenta de Viviana, e de sua jogada de cabeça pra trás, aprovando a criação. As duas tinham o mesmo senso de humor linguístico-visual: era monstruosamente irresistível a ideia de um passaralho cósmico, um ser de quatro dimensões, vindo te pegar por um lado que você, ser limitado de três dimensões, não tinha como enxergar.

Primeiro ela esquadrinha as abas já abertas no navegador. O e-mail está lotado de lixo eletrônico e de propostas de trabalho antigas, todas lidas — até o fim do dia anterior. Uma mensagem da companhia aérea informando que Vivi já podia realizar o check-in de seu voo, e outra, não lida, da manhã de hoje, lembrando-a de que ainda não havia realizado seu check-in. Lucinda clica na pasta Enviadas. Pelo que vê, a irmã pouco enviava e-mails. Ou recebia. Confirmações de presença em eventos e lojas comunicando o envio de produtos eram os mais frequentes. Entre as compras feitas por Viviana, Lucinda divisa o nome de uma sex shop on-line na qual ela mesma já havia comprado. Não olha o conteúdo. Abre, em vez disso, um dos vários e-mails do remetente investifacil.com. Era um alerta da queda abrupta de um ativo. Mais informações requeriam senha. Ela testa algumas até admitir a derrota.

Vai para a aba do Facebook com a *fanpage* "Viviana Bocayuva" vinculada. Como descrição, *Brazilian actress, model,* resquício do cada vez mais distante período no exterior de Viviana. O mural funcionava como um grande espaço de autopromoção, fechado para recadinhos diretos dos fãs. Mas a caixa de mensagens bombava. Mulheres perguntando se era ela a moça do aplicativo da academia ou do cartaz da hamburgueria, pedindo dicas para emagrecer ou se iniciar na profissão; homens a chamando de linda, um a chamando de feia. Um suposto fotógrafo oferecendo-lhe um book grátis, como se ela tivesse catorze anos de idade e nenhuma carreira. Especialmente aos homens, Viviana não respondia quase nunca.

Fuça também as mensagens do perfil pessoal do Facebook — mais homens a chamando de linda —, sendo a última do dia anterior. Um jovem curitibano dizendo que a vira no Tinder e a achara linda e, como ela não dera *match*, ele resolvera escrever por ali. Viviana não tinha respondido. Então ela estivera mesmo em Curitiba. Hmm.

Lucinda, que já havia fuçado gente antes na vida, lembra que na página do e-mail havia um menu para acessar informações e serviços vinculados à conta, como fotos e documentos armazenados na nuvem. Decide então procurar o histórico de localização de Viviana.

Porém, vasculhando fotos, documentos, trajetos detalhados e contatos sincronizados, não encontra nada revelador. Vê apenas um padrão estranho neles — buracos no calendário, fotos esparsas —, como se a presença digital da irmã estivesse de alguma forma desfalcada. De repente, Vivi poderia ter feito um esforço extremo para preservar a privacidade, marcando todas aquelas opções muito bem escondidas que proíbem as empresas de tecnologia de minerarem e venderem seus dados. Certo. Se Viviana era tão paranoica com seus dados e não confiava na nuvem, onde podia estar guardando o essencial? Talvez no próprio computador.

A pasta de Documentos contém muitos arquivos de texto e

algumas planilhas. Lucinda clica duplo numa planilha com o título CLIENTES AA. Quando o arquivo abre, ela vê:

Cliente	Fonte	Notas	Datas	Locais
Mark G.	Traveluv.com	pão-duro, mas repete. Dentes pontudos	quase toda semana (desde dez.)	Rio, SP
Luiz Antonio B.	patrocina.com.br	daddy, vê se está usando presente (usar o 212 rosa, pulseira)	25/02, 03/03, 15/03, 29/03, 10/04, 23/04, 2/05, 3/06, 25/06, 2/7, 5/08, 18/08, 21/09, 01/10, 15/10	Curitiba, SP
Casal Brasília (A e H)	3Match.com	meloso, exige discrição	(12/05, 17/06 e 30/06) 3x	Brasília e Rio
Benício (juiz)	Andreza	chato. Fuma charuto	25/01, 3/10, 20/11	Rio
Ambroise e Denis (consulado)	booker (c) 0	generosos, discretos, recomendam p/pg tranq (pouca higiene pessoal)	26/01, 6/03, 27/03, 20/04 (ver indicados)	Rio
Bassam T.	Bar em Dubai	boa gente, pg longo, gf, generoso, dólar	desde 2010, todo ano	SP e Rio
Davi (agroboy)	Andreza	insistente, p gde.	15/09	Rio

Lucinda sente seu coração se partindo, se abrindo ao meio. Aquela desconfiança sempre ali, pairando, à espreita, sufocada, acabava de se confirmar. De vez. Sem volta.

Merda. Fazia sentido. Um enorme e triste sentido. Como não esperar isso com o nível de vida que Viviana ostentava? Com aqueles ensaios maldormidos e mal pagos seria impossível manter um apartamento em São Paulo e outro no Rio. O do Rio era da família, mas tinha lá suas despesas. As roupas que ela usava, os inúmeros tratamentos de beleza.

Sua irmã... se prostituindo. Lucinda se força a admitir. Está perdendo a inocência — aos trinta e cinco anos. Estranha o pânico não voltar agora, mas pensa que às vezes o choque é grande demais.

Levanta do sofá cobrindo a boca com as mãos, tentando fazer sua imagem de mulher cabeça aberta acolher sua irmã, que decidira se tornar um produto voltado para a total satisfação do cliente. O melhor produto possível, atento, profissional, com planilha até. E ela não precisava. Era tão inteligente! Podia fazer tanta coisa. Não *devia* ter escolhido uma coisa dessas. E Lucinda, cabeça aberta, não *devia* estar pensando que a irmã não devia. Pare, Lucinda. *Você não entendeu nada, Lucinda*, como disse a mãe naquele dia em que descobriu seu piercing.

Como não tinha percebido antes? Quando tinha começado?

Retrocede até a puberdade da irmã, das duas. Lucinda com quinze, Vivi com uns onze, fissurada em animês de TV aberta e X-Men. A axé music no auge. O Carnaval, até para os cariocas, passando a significar uma viagem a Salvador, Porto de Galinhas, Porto Seguro, Trancoso — cada vez mais resortizado, pondera Lucinda, mas no começo era em Salvador mesmo, com abadá e camarote. Para uma adolescente, ruim era ficar no Rio, o mesmo marasmo de sempre, escolhendo entre pernoitar num cimentado sujo para ver o desfile do Grupo Especial e ir a blocos cheios de velhos bêbados acossando meninas menores de catorze.

Quando a primeira oportunidade de escape se apresentou, no panfleto distribuído no fim de um ano letivo, em suaves prestações que até as amigas mais remediadas podiam pagar, Lucinda hesitou. Já não tinha ido a esses lugares com a família? Mas depois entendeu que ir com o grupo da escola era diferente, e essencial: a intenção era justamente fortalecer laços ao cometerem juntas pequenas transgressões. Cássia deixou, pagou, achando ótimo esse tipo de programa, sendo sua filha mais velha tão desmazelada, tão deslocada. Seria mais um passo rumo à sua integração social. Sem pedir, Lucinda ganhou dois sunquínis fluorescentes, modelos da estação, que escondiam sua barriga e destacavam sua morenice natural. Apesar desses cuidados da mãe, alguma coisa na viagem desandou, e Lucinda voltou diferente, mais decidida a escolher melhor o tipo de música, de gente e de bocas que frequentava. Em vez de voltar demandando uma viagem de intercâmbio nas férias de julho, como Cássia talvez esperasse, Lucinda virou habituée do Garage e adquiriu seu primeiro jeans 46. Preto.

Algum tempo depois de debutar como modelo e atriz de comerciais, Viviana também teve sua viagem de Carnaval com as amigas. Seu verão em Porto Seguro foi aos dezesseis. Mas isso não consolidou suas amizades femininas como esperado, em grande parte porque ela voltou da viagem fazendo as mesmas coisas que fizera fora do Rio, sem se importar em rechaçá-las como meras aventuras carnavalescas. Isso alijou muitas colegas mais orientadas à normatividade, que temiam também ficar faladas, sem contar aquela desagradável falta de aderência ao grupo, que sinalizava que Viviana gostava de chafurdar no perigo — e não só de flertar com ele — entre homens mais velhos e moleques de subúrbio. Ficou meio isolada e passou a andar com outras desajustadas, com as quais às vezes brigava por algum tipo de ciúmes. Algumas noites ia parar no Garage com Lucinda, o que serviu para que ela, Lucy, entendesse bem como um corpo de modelo altera o padrão da atenção masculina, mesmo no meio alternativo.

Brigavam entre elas também. Na época, Lucinda tinha a impressão de que a irmã mais fazia joguinhos do que propriamente sexo, pelo menos quando estava por perto. Já sabia que tanto ela quanto a caçula eram bissexuais, muito embora a proporção entre de fato ficar com meninas e ter fama de sapatão fosse injusta com ela por causa do seu biotipo (e, na opinião de Vivi, por Lucinda usar tênis Nauru com demasiada frequência). Cássia parecia ter desistido de impor qualquer forma de limite — no fundo, talvez temesse fiscalizar demais e terminar com duas irmãs encalhadas em casa, sem cinderela que salvasse. Além disso, não tinha tempo: depois de ter aberto o próprio escritório, estava sempre cheia de trabalho ou exausta dele.

Assim que completou dezoito anos, Vivi apareceu num comercial de cerveja, ainda que como parte da multidão de mulheres de biquíni; o brinde compulsório foi o convite para o camarote da marca na Sapucaí e comparecer a outros eventos de verão pelo Brasil, cláusula que cumpriu com o maior empenho, conseguindo até sair em algumas revistas de fofoca ao colar nas pessoas certas.

Pouco depois, o avô delas faleceu. As Bocayuva perderam a enorme renda automática do Cartório de Notas de que ele era titular havia décadas, o que significou uma queda abrupta das três para a classe média. Lucinda foi prestar concurso público, Cássia continuava batalhando a ascensão de sua firma. Já com Viviana, a história foi outra.

Mal completou vinte e um anos, a fonte dos convites mais promissores e bem remunerados começou a secar. Viviana passou a servir apenas para moda praia, banco de imagem, papel de cabocla em propaganda política ou rata de academia, sorriso branquejado pelo dentista. Às vezes um ensaio de noiva ou de roupas de frio tentando ousar com a modelo de pele escura, suas sobrancelhas kardashianizadas. Ela nunca mais seria modelo de passarela, a exclusiva de um editorial de moda nem a capa de revista. Moças mais brancas e mais jovens é que assumiriam esses postos, elogiadas por suas feições francesas e pele delicada.

Tempos depois, quando suas feições indígenas começaram a significar diversidade, Viviana voltou a ser requisitada, mas então já estava um pouco velha para "a indústria", como dizia. Agora, com trinta e um anos, já recebia ofertas para o papel de jovem mãe não branca.

Lucinda tinha entendido havia tempos que Viviana sentia mágoa do seu descarte prematuro, além de ter sofrido sob a casca grossa de seu ostracismo adolescente. Acostumada a um alto padrão de consumo desde criancinha, envernizada por uma camada de simpatia sociopata e munida de contatos úteis no submundo: Lucinda costumava pensar que esses tinham sido os fatores determinantes para a irmã ter decidido ir morar fora do país. Mas na verdade eles tinham sido os pré-requisitos perfeitos para Viviana fazer outra coisa, esta sim: cair na vida.

E nunca nem Lucinda nem Cássia tinham se dado conta disso. Questionado Viviana. Exercido qualquer forma de pressão. Talvez tivessem até fechado os olhos, igual Lucinda fazia agora literalmente, com força, tentando apagar este dia da sua existência. Tudo errado, tudo dando errado desde que o sol nascera. Passa a mão pela cara suada, pelo cabelo preso, respira um pouco dentro das mãos em concha. A planilha continua lá, reluzente, desafiando-a.

Lucinda gosta de ler livros sobre ciência, de astrofísica a neurologia. Sabe que essa sensação horrível é o cérebro se recusando a aceitar a realidade, tentando se apegar a qualquer fiapo de indício que o proteja da verdade cruel. A única saída é obrigá-lo a continuar. Andar de mãos dadas com ele, passo a passo, até não haver remédio senão engolir tudo até o fim.

Ela decide pesquisar alguns sites que viu na planilha, digita o nome do primeiro na barra de endereços e dá enter, querendo acreditar em outra explicação, em alguma redenção para Viviana.

Constam da planilha sites mais explícitos, com nomes como "escorts de luxo" e "garotas vip", onde ela até entrou mas não teve coragem de rolar a tela. Havia também aplicativos de encontro normal, que Lucinda conhece e imagina que podiam ter sido usados para prospectar clientes, pois, em todos os que acessou pelo navegador, a conta de "missvivian" ou estava suspensa ou quase não tinha atividade.

O traveluv.com era um site de *travel dating*, em que o cliente podia pagar por uma "companhia" em suas viagens. A pessoa se inscrevia ali como patrocinadora ou como patrocinada.

O patrocina.com.br era parecido, mas se definia como um site de namoro remunerado, referindo-se aos participantes como daddys, mommys e babys, com plural aportuguesado mesmo. Ambos falavam em "estilo de vida", assim como o terceiro, o 3Match, voltado para casais "buscando uma terceira pessoa para companhia ou algo mais".

Companhia. Daddys. Estilo de vida. Viviana operava na brecha, a brecha que a tecnologia e a linguagem permitiam. Qualquer coisa, era só mudar de site ou de termo. Mas nada daquilo alterava a verdadeira profissão da irmã. Não havia escapatória. Era aquilo que sua irmã fazia para ganhar dinheiro — dinheiro de verdade.

E sua mãe, como reagiria? Com um coquetel de culpa por ter falhado de forma irreversível. Falhado no modo um tanto omisso como tinha criado as filhas, por ter sido permissiva e "escolhido a carreira", deixando as duas de lado. E Lucinda, como irmã mais velha, com certeza também seria responsabilizada pela mãe. Pelo desaparecimento de Viviana e pela prostituição. *Onde você estava quando isso aconteceu?*

Consegue sentir a calma artificial do remédio por cima de sua ansiedade deflagrada. Uma tampa sobre uma panela fervente. Volta ao banheiro, pega o resto da cartela e guarda na bolsa. Vai precisar.

Relembra o que sabe até agora. Vivi tinha passado por Curitiba (quem sabe atendendo a um curitibano), ido a São Paulo, marcado um brunch, ao qual não compareceu, com aquela amiga, a tal Graziane (de quem Lucinda desconfiava mais e mais), e sumido, talvez por obra de algum cliente. O tal compromisso noturno em São Paulo devia ter sido marcado por celular. Lucinda volta à planilha e à sua coluna de telefones. O primeiro era o de uma mulher chamada Andreza, provável colega de profissão. O que aconteceria se ligasse para ela?

Delibera que entre as putas devia haver algum tipo de solidariedade, uma rede de apoio. Como essa provável colega de Viviana aparecia mais de uma vez na coluna Fonte da planilha, era possível que indicasse clientes e, talvez, fosse próxima de Vivi. Quem sabe se sensibilizaria com a situação e contaria algo útil? Lucinda tem medo de estar sendo muito ingênua, mas liga mesmo assim.

— Alô. — Voz rouca, sensual. E cautelosa.

— Andreza?

Pausa maior do que o normal. Dá para ouvir a surpresa com a interlocutora mulher.

— Quem deseja?

— Aqui é Lucinda, irmã da Viviana. — Agora Lucinda tem certeza: — Você é a Graziane?!

Silêncio tenso. Nenhuma confirmação. Lucinda continua:

— Já sei de tudo, fica tranquila. Só quero achar a Vivi.

— Ah, eu não ia te contar.

— Podia ter me falado logo.

— Ela não queria que a família soubesse. E não é uma coisa que se fala para a polícia...

— Eu não falei. Acabei de saber, abri o computador dela agora. Vi a planilha. Vocês trabalham juntas?

— A gente trabalha.

— Vocês são amigas, então.

— Mais que amigas. Não sei se isso te choca...

— Não.

— Estou procurando ela. Agora mesmo estou num táxi indo atrás de alguém que pode ter a ver. Ou não.

— Quem?

— Um ex dela, fotógrafo. Mas espera: você conseguiu entrar no computador. Viu a localização dela?

— Eu tentei, mas não aparece nada no navegador; ela não ativou a permissão.

— A Vivi tem outro celular e outro e-mail. Procura este e-mail no computador e vê se está logado. Nesse eu sei que ela deixa a localização ativada. Por segurança. Ela compartilha comigo, mas só em tempo real, e desde hoje de manhã o pontinho dela não dá as caras. No computador dá para você ver o trajeto completo que a pessoa fez.

Lucinda pede um momento, deixa o celular no viva-voz, procura outro e-mail logado no browser, de fato acha outra conta de Viviana e constata que ali a localização estava ativada. Até as sete da noite do dia anterior havia registro dos locais percorridos pela irmã. Depois ela desapareceu da face da Terra.

— Estou vendo — Lucinda diz a Graziane. — O último sinal dela foi numa estrada perto de Guarulhos. Será que foi algum acidente?

Graziane/Andreza diz que já havia ligado para hospitais e para postos do IML no estado inteiro. E acionado sua rede de contatos. Ninguém sabia de Viviana.

— Dá uma olhada aonde ela foi *antes* — diz Graziane. — Porque quando ela vai atender alguém ela sempre me avisa, me diz onde é, dá o nome do cliente. Então não deve ter sido programa.

Lucinda reduz o mapa até ver o último lugar onde Viviana tinha estado antes de seu rastro sumir. Reconhece o endereço.

— Você está certa, Graziane, não foi programa, não.

3.

Graziane

Graziane, ou Andreza, desliga o telefone e olha para o motorista.

— Chegando?

— Quase lá — responde ele.

Cortado por faróis a cada esquina, o trânsito flui devagar por uma rua comprida de São Paulo. O número que procuram é o 3275, e eles acabam de entrar na casa dos dois mil, sempre olhando para o lado ímpar.

Graziane ergue o celular e lê.

Nunca gostei muito de dar para fotógrafos. 99% parecem que estão fazendo um favor em te comer ou abrindo uma exceção muito perigosa, porque, sabe, você não é uma mulher, você é uma mídia. Uma tela, um material artístico. Mesmo pelada na frente deles.

Pois é. Detesto profissionalismo, hahaha.

Mas o Jairo não era assim. Ele me via como eu era — pelo menos depois que acabava a sessão. Ele tinha um botão de liga e desliga muito nítido, o olhar dele mudava, acendia a luz lá dentro

48

e passava a ser uma pessoa de novo, e o mais importante: me enxergar como uma pessoa de novo. Uma pessoa desejável. Não vou falar de amor, talvez porque eu me satisfaça com pouco, com saber que alguém deseja o meu corpo em si e não como plataforma para a sua "arte" ou como conquista sexual documentada.

***

Ele gostava de comê-la de frente. Sendo mais específico, ele gostava quando a coluna vertebral dela ficava um pouco enrolada para trás, feito a ponta de um trenó de neve, e ele conseguia ver o baque de cada metida do seu pau por fora, naquela parte mole em cima da vulva. Aquilo era uma reação tão clara. Era a resposta que ele queria.

Vivi não gemia tanto. Isso não era ruim, muito pelo contrário: o desafiava a meter ainda mais. E havia mesmo hoje em dia uma desagradável tendência da mulher exagerar no gemido pra impressionar. É óbvio que acabava parecendo um filme pornô, e era óbvio que, se ele quisesse um filme pornô, não estaria ali comendo ela. Figura e fundo.

***

— Ele saiu de mim e foi para o banheiro, me deixando lá, de bruços. Meu monstro torceu preguiçosamente suas entranhas, querendo mais. Encolhi uma das pernas para ele poder ver melhor o ambiente, tomar um ar.

***

— Voltei e encontrei uma teia, recém-tecida. Me aproximei e admirei a firmeza dos fios, o perfume forte de carnívora, hesitando

em entrar na toca, mas sabendo que estaria apenas prolongando o ritual. Ofereço meus dedos em sacrifício e sinto a ávida criatura mastigá-los até a satisfação.

Graziane tinha dado sua opinião sincera a Vivi: adorava a multiperspectiva erótica do diário dela, mas estranhava, por conhecer os fatos e os personagens — designados pelo nome real. Bem, era só mudar os nomes, mas sentia que aquilo seria difícil de publicar em tempos de recrudescimento da caretice. Graziane terminara a faculdade de jornalismo durante a qual tinha começado a fazer programa. Nunca exercera a profissão. Além de ajudar a família, tentava juntar dinheiro para abrir algum negócio em sua cidade natal do interior do Paraná — de preferência uma papelaria-livraria. Só que ela não sabia equilibrar suas contas, gastava tudo o que ganhava. Até Vivi chegar.

Vivendo entre Rio e São Paulo, Viviana tinha oferecido seu apartamento carioca para Grazi usar o quanto quisesse. Foi o pulo para Grazi consolidar sua base de clientes no Rio. Não foi puro altruísmo de Vivi: com Grazi na parada, ela podia oferecer variedade loira e morena a seus gringos já fidelizados. Cada cidade tinha suas altas e baixas temporadas, e às vezes cada uma ia para um lado, a fim de aproveitar melhor a demanda por determinado tipo físico. Vivi, que falava um pouco de japonês (*muito pouco, foi excesso de anime*, ela dizia, modesta), tinha otimizado seu faturamento, melhorado seu inglês e organizado suas finanças. Grazi agora tinha economias.

Mas o que pegava mesmo era quando Vivi ia para casa com ela e fazia aquele oral maravilhoso. Graziane muitas vezes tentou retribuir com o melhor de sua técnica, mas descobriu que Vivi respondia mais à penetração. Sua coleção de brinquedos eróticos nunca tinha visto tanto uso, embora a coluna e o túnel do carpo às vezes reclamassem um pouco. Vivi gozava no trabalho, enquanto Graziane não, sempre ficava à beira de. Vivi não se importava de ser a ativa da relação, e Grazi até gostava desse papel semifixo, como num casal lésbico *old school*. No trabalho Vivi era sempre tomada como um objetozinho frágil de pele macia, outro papel semifixo, justo ela, tão versátil. Mas nos atendimentos que faziam em dupla, nenhum cliente objetava que se demorassem em uma chupar a outra — sendo pagas por hora. Era o crime perfeito.

Graziane sabia que seria impossível levar Vivi para sua casa no Paraná e apresentá-la à família como sua mulher. Isso não. Não caberia na cabeça dos pais e de seus parentes, que todo Natal lhe perguntavam cadê o namorado.

Sabia também que as outras garotas não gostavam muito de Viviana. Sucesso demais. Além disso, se por um lado Viviana escondia da família a sua profissão (como todas as outras moças do ramo), quando estava entre colegas tinha o hábito de filosofar alto demais sobre o que chamava de "a nossa profissão". Graziane lhe dera o toque de que Vivi não deveria fazer aquelas declarações peremptórias sobre orgulho e identidade para garotas que quase sempre escamoteavam, até para si mesmas, o que faziam. Era insuportável ouvir aquilo, até mesmo para quem era prostituta.

Antes de Grazi, a cabeça de Viviana era um remoinho de ideias que quase nunca viam a luz do dia. Mesmo sempre cercada de gente, não tinha com quem dividir seus pensamentos. O diário, que estava virando livro, tinha sido escrito também como uma válvula de escape. Graziane ficara honrada de ter sido escolhida para ser sua leitora. E namorada.

As duas estavam simbioticamente apaixonadas. Quando estavam na mesma cidade e chegavam cansadas dos respectivos atendimentos, ainda se dispunham a mimar uma à outra com um orgasmo do qual elas seriam o foco total. Ou apenas partilhavam um edredom nuas no ar-condicionado, assistindo a um filme besta ou cabeça. Os pés se tocando, cada uma lendo seu livro no sofá. Nunca tinham falado a sério sobre o relacionamento, mas o vínculo era forte. A ausência de Viviana doía. Não pelo dinheiro, pela conveniência, pelo know-how adquirido; era por Viviana. Grazi ia fazer de tudo para encontrá-la, onde quer que estivesse.

Agora estão quase chegando ao destino.

— Quer saber, Tônio? Passa um pouquinho do número. Devagar — diz Graziane.

Enquanto passam, Graziane vê, através de um canteiro folhudo, o carro de Jairo estacionado junto ao estúdio. Ninguém por perto a não ser um segurança.

— Certo. Pode encostar.

Graziane paga Tônio e sai do carro. Caminha até a enorme porta de madeira e se posiciona embaixo da câmera de segurança, de modo a só permitir que vissem o topo de sua cabeça. Aperta o botão do interfone.

— Quem é?

— Viviana. O Jairo está me esperando.

— Só um minutinho.

Graziane contempla a ponta de sua bota de cano curto e se apoia na parede, um hábito que Vivi muitas vezes criticara e tentara podar. Não era coisa de mulher fina. Dá a entender que a pessoa andou demais e está precisando se sentar. Você *nunca* está precisando se sentar. Mas agora Vivi não está ali, e ninguém sabe se está em algum lugar. *O que será que fizeram com o seu corpo?* Graziane pensa em banheiras de ácido.

É despertada por um forte estalo da porta se abrindo. Ergue o rosto e vê Jairo Valdino, um homem branco de cabelo cacheado escuro, barba quase zero, alto como só. Graziane olha bem nos olhos verdes dele, enquanto Jairo diz:

— Grazi? Você?

O queixo dele se encolhe, surpreso ao vê-la ali — e não uma surpresa boa.

— Jairo. Posso falar com você?

— Estou bem no meio de uma sessão.

— Eu sei. Por isso falei que era a Viviana.

— Que houve? — ele pergunta, ajeitando a calça jeans pelo cinto. As mãos ficam na cintura, para aumentar a estabilidade do corpo. Não é fácil ser um varapau.

— Você tem visto a Vivi?

— Não, não tenho. Era só isso? Tenho que trabalhar.

— Eu sei que vocês continuam se vendo.

— A gente não continua *se vendo* — Jairo faz um muxoxo.

— Eu fico com a localização dela ligada, eu sei que ela esteve no seu apartamento.

— Ela veio só fazer fotos.

— Fotos pelada na sua janela, com a cidade ao fundo? Haha. — Graziane joga o cabelo, meneando a cabeça. — Olha, não me importa, minha relação com ela está longe de ser exclusiva. Só preciso saber se você viu ela nesta semana.

— Não, não vi.

— Nem ontem?

— Não, nem ontem. Por quê?

— Ela sumiu.

A expressão dele sofre uma mudança que deixa Grazi relutantemente satisfeita. Ele se preocupa com Viviana. Não tinha feito nada de mau a ela. Graziane se dá conta de que o segurança do estúdio havia se posicionado de forma a contemplar a cena. Lá dentro a recepcionista devia estar espiando também. Certo. Por essa ela já esperava.

— Sumiu? Desde quando?

— Desde ontem não dá sinal de vida.

— Você falou com a polícia?

— Aham, e a irmã dela também, lá no Rio.

Graziane havia jogado o verde do século ao falar das visitas de Vivi a Jairo. Até tinha por hábito acompanhar Vivi pelo celular um pouco mais que o necessário, mas não sabia nada sobre esses encontros. Também pouco se importava se eles estavam trepando — tinha buceta e compreensão para dar e vender; ele não. Queria mesmo era botar medo nele fazendo a namorada ciumenta e ver o que saía. Mas, pelo jeito, não havia nada lá.

— Tá achando que eu fiz alguma coisa com ela? — pergunta Jairo, mão no peito, querendo fazer cara de ofendido.

— Não, Jairo... — Ela resiste ao impulso de revirar os olhos. — Mas acho que alguém fez. Ela não ia sumir assim sem falar nada. Da última vez que vocês se viram, ela falou algo estranho, se estava tendo algum problema, se havia alguém criando caso? Se comigo ela não falou, só pode ter falado com você.

Jairo pensa por um momento. Decide falar.

— Sabe quem tá em São Paulo? Acabou de se mudar?

— Não, quem?

— Aquele Léo Faulhaber. Daquele site que a Vivi...

— Sei.

De novo ele hesita, mas acaba falando:

— Ela comentou comigo. Semana passada.

Houve época em que Viviana passava o dia inteiro posando. Aos vinte e um anos, além dos trabalhos que já fazia, topou ser uma das primeiras faces do banco de imagens de "caras brasileiras" que uma ex-jornalista estava montando — o Gente. Era engraçadíssimo. Ela gostava de contar essa história.

No showroom de uma loja de decoração fechada, Vivi era clicada com uma peruca de boa qualidade, corte chanel, comendo salada e rindo, cortando legumes coloridos numa tábua, colocando um na boca. De olhos fechados. De olhos abertos. Entreabertos. Com olhos arregalados e sorridentes. Depois em segundo plano com o seu cabelo natural num coque de palito, como uma das colegas de escritório que sorri fora de foco para o sucesso do homem negro de terno próximo à câmera. Depois aconchegada a um modelo mestiço e atlético no sofá, um casalzinho ponderando juntos sobre o próximo financiamento em frente ao laptop, os dois rindo, em seguida sorrindo, em seguida sérios, em debate. Depois Vivi era clicada nas mesmas poses com um parceiro branco. Depois, toca para a cama, para produzirem todas as pequenas variações que serviriam para qualquer matéria sobre A Vida Sexual do Casal Brasileiro. Jairo dirigia, insaciável.

"Agora sentem-se na cama e se cubram até a barriga. Você cruza os braços. Você está frustrado. Agora segure essa placa de PARE... Gira ela pra cá, isso... não, menos... olha para o outro lado, emburrada. Agora emburrada mas sorrindo um pouco. Agora de saco cheio, cara de quem não aguenta mais. Isso. Ótimo. Agora você vai repetir as três caras, mas ele vai fazer uma cara mais fechada, como se também estivesse puto da vida. Um. Dois. Três. Excelente. Fechou."

"Agora vamos até a varanda. Segura esse teste de gravidez. Olha pro infinito. Sorria. Agora angústia. Relaxa um pouco o rosto."

E Viviana cumpria a rotina de massagear o rosto e fazer caretas aleatórias, que Graziane conhecia, e achava engraçadíssima.

Dado o ineditismo de imagens que realmente parecessem brasileiras para os brasileiros, essas fotos se espalharam por toda a parte e circulavam até hoje, suas versões em alta resolução readquiridas toda vez que alguém precisasse recorrer a elas para ilustrar uma matéria, livro ou propaganda. O banco de imagens GENTE era o único a oferecer rostos tipicamente brasileiros e latinos; além de serem comercializados em reais, e não em dólares, desmascaravam os demais rostos de banco de imagem como estrangeiros. Os royalties, ainda que minguados, começaram a pingar na conta de Jairo. Viviana não recebia nada além do cachê pela sessão de fotos, mas aquele trabalho, que era para ser apenas casual, qualquer-nota e até um pouco vergonhoso, acabou alavancando sua carreira. Em paralelo, ela e o fotógrafo começaram um caso que demoraram a assumir como namoro, e depois terminou como começou: em amizade, apesar dos pesares.

Na época em que os dois ficavam — o sexo era ótimo, nas palavras de Vivi —, Jairo morava fora da capital paulista e Vivi vinha a São Paulo só para trabalhos esporádicos. Cada saída do casal acabava em um motel caro e ruim, para o qual eles iam e voltavam de táxi — nenhum dos dois tinha carro —, a menina da recepção trinando seu "nota fiscal paulista?" e eles sempre declinando dizer o CPF, como se isso tornasse a coisa mais proibida e excitante.

Embora fossem desimpedidos, não queriam se assumir, pois os trabalhos poderiam ficar ainda mais difíceis para Viviana, e Jairo estava construindo a carreira no modo nômade — casa e equipamento fotográfico nas costas, cada dia uma camisa diferente sobre a mesma calça. Viviana passou a visitar São Paulo toda hora, com motivos cada vez mais nebulosos, e começou a pagar hotéis menos xexelentos do que os motéis com que estavam acostumados. Jairo não queria admitir, mas foi ficando incomodado com isso, e desconfiado da origem do dinheiro dela.

Um dia Vivi anunciou que tinha dado entrada num flat no centro; depois de três anos, os dois enfim iam poder se encontrar num lugar decente sempre que estivessem em São Paulo. Jairo não se conteve e perguntou: "Dinheiro da família?", quando sabia que o avô rico delas morrera e que a família de Vivi não tinha mais a mesma renda. Ela estava prestes a acrescentar que pensava até em se mudar de vez para São Paulo e estudar a reação dele, mas em vez disso resolveu revelar a origem da grana. Jairo disse que não queria ser cafetão de ninguém. "Ah, é assim que você pensa?", ela disse, no fundo não muito surpresa com sua reação. Jairo pensou se tentava consertar, mas preferiu o silêncio. A picanha à brasileira que tinham pedido ao serviço de quarto chegou, Viviana jantou só a proteína, pagou a conta e deixou ele lá. Logo deixaria também o país, para tentar voos mais altos. Ao voltar, anos depois, ela já viera com Grazi.

Então não é que ele não tivesse aceitado a separação ou tivesse se arrependido de sua atitude. E, na verdade, Graziane não via Jairo fazendo mal a Vivi. É que ela tem a certeza de que, se Viviana tivesse um plano B, seria com ele. E suspeita que Viviana talvez fosse também o plano B dele. Difícil saber. Teve que sondar.

Agora era hora de visitar alguém que, este sim, poderia muito bem ter feito mal à sua namorada.

4.

Lucinda

Bookers, daddys e babys. *Tradução: cafetão, cliente e puta. Ou, se preferir, pode chamar de acompanhantes, GPs, primas, ficha rosa. As coisas não combinam com o nome que recebem. Ou melhor: ganham sempre novos nomes para despistar quem não interessa. Falando assim me sinto uma velha, mesmo mal batendo nos trinta. Mas os trinta também são os novos vinte. Então não tem problema.*

O engraçado é que no meu caso foi justamente ter me indisposto com um desvio de função, com nomes que não batem com seus significados reais, que me levou a pegar essa segunda profissão.

Há inteligência em saber posar. Claro que não é o que querem que você pense. Querem que você pense que é um favor um fotógrafo topar te imortalizar com sua magnífica lente fálica, pois você é só uma boneca — uma manequim, não é mesmo?

Mas é possível, com seu próprio corpo, sugerir um enquadramento. Existe uma noção espacial, alguma arte em saber ser a passiva da relação. Saber receber, como uma anfitriã: aqui, o meu cor-

po, oferecido e ainda assim indisponível. Eu tenho isso, e vale muito. E eles não sabem que eu sei desse valor, e que sei explorá-lo. E é assim que trabalhamos.

* * *

Vocês devem querer saber da minha primeira vez.

Eu estava almoçando sozinha na praça de alimentação de um shopping paulista, quando um senhor largou um papelzinho dobrado na minha mesa com seu telefone. Esse homem, sentado em outra mesa, tinha me olhado por muito tempo, com muita intensidade, e, não sei por quê, resolvi olhar de volta. Não, eu sei, sim: porque eu andava numas de testar meus limites, ver o que aconteceria se eu decidisse me comportar de forma completamente diferente do que eu me sentia; em suma, atuar. O homem era velho, me dava nojo, e no entanto o encarei de volta, dando corda. Era como engolir o próprio vômito, mas consegui sustentar o olhar dele. Quando ele se levantou, pensei que simplesmente fosse embora, mas depois de passar por trás de mim com a sua bandeja e deixá-la na lixeira, ele parou junto à minha mesa e deixou cair, sem a menor sutileza, o tal papelzinho dobrado, afastando-se em seguida. Olhei para o papelzinho como se ele fosse um cocô de pombo que caiu perto mas não dentro da minha cerveja.

Peguei o papelzinho, desdobrei e li.

Ele trazia uma proposta bem clara, monetária inclusive, não apenas o número do celular dele. O sujeito devia estar em algum lugar por perto, esperando. Se eu ligasse, poderia ganhar dois mil naquela mesma tarde. Mas será que ele ia pagar mesmo? Alguma coisa me disse que ia, sim. Era desses velhos que escondem o dinheiro (estava comendo fast-food), e só gastam com bobagem; têm prazer em esbanjar com bobagem, e moram de aluguel para não deixar nenhum bem de herança a parentes que julgam ser todos "uns *aproveitadores". Só na minha família tenho uns dois tios com esse perfil. Tios Patinhas. E eu era sim uma bobagem, um doce antes do almoço. Eu já compreendia isso — e já sabia que queria dizer sim. Só não tinha entendido ainda o porquê da minha vontade de dizer sim. Por isso demorei pra aceitar.*

Eu estava com dezoito anos e já era bastante experimentada. Alunos, professores, gente de praia, gente da arte e da rua, gente que podia me render trabalho ou já rendera. Mais eficaz às vezes era não dar, sustentar a promessa um pouco fora de alcance, enfeitiçando a pessoa. Às vezes eu dava só pra coibir um assédio: quando o chefe do chefe estava te comendo, tudo bem você fugir do chefe. Às vezes eu dava só pra fazer ciúme, estratégica ou desastradamente, em uma pessoa que eu gostava ou que queria que me quisesse. Às vezes eu nem sabia se estava mesmo escolhendo. E ora, vejam bem: esses eram bons motivos? Quer dizer, onde estava o tesão nessa história toda? Eu ainda sentia tesão? Ou curiosidade? Ou eles estavam se tornando motivos cada vez mais secundários? Será que eu estava sendo movida só pela vontade de ganhar dinheiro e poder e controle (e drogas)?

Daquela vez não havia intermediário. Eu estava sóbria. Ele não era do meu meio. E a proposta era bem clara. Do jeito que eu via, o velho era a minha possibilidade de controle total. To have the cake and eat it. *Ele pensaria que eu era o bolo... enquanto eu o comeria, a ele e ao dinheiro dele.*

A verdade é que só seria a minha primeira vez no sentido clássico da coisa. O que eu já vinha fazendo era escambo: sexo em troca de poder, de atenção, proteção. Enquanto eu me envolvia com gente de eventos, revistas e ateliês, sempre havia aquele zumbido de fundo, de que eu teria que fornecer alguma coisa à parte, alguma coisa a mais, nem que fossem só promessas e olhares sugestivos. E às vezes, olha, eu até trepava de fato. Mas sempre doida, sem controle. E o sexo nunca como o que era: o elemento principal. Nunca como o combinado, o admitido, o por escrito. E, ali, naquele papelzinho xexelento largado numa mesa de shopping, estava escrito.

Eu disse sim.

E assim nasceu a Vívian.

Ou melhor: ficou incubada. Vívian teve existência concreta apenas em oportunidades esporádicas até a agência, e eu mesma, nos darmos conta de que eu estava ficando velha. E até eu perceber que gostava de certo conforto material que, dali em diante, rarearia para mim. E me faria cada vez mais falta.

Dizem que as mulheres não separam bem o emocional do sexual, que se elas treparem se apaixonam. Que só uma mulher apaixonada é que trepa, que ela não trai alguém por quem esteja apaixonada etc. etc. Mas quem trabalha com sexo vive outra realidade: homens é que não separam bem o emocional do sexual. Pior ainda os mais novos, os educados pelo pornô, que não sabem muito da vida, mas pensam que sabem. É um tipo que eu evito, até porque são clientes sem grana e a fim de variedade, que não vão repetir a garota. Ou, se repetirem, será pelo motivo errado (a saber: te tirar daquela vida).

O difícil é o cara te objetificar certo. Quer dizer, te usar apenas para gozar, levar na esportiva os seus fingimentos, o seu nome falso, a sua unha de acrílico. Se ele entra numas de se apegar ou de se sentir desrespeitado, você vai sofrer. Você pode apanhar, ter o seu contrato quebrado. Pode ser obrigada a sorrir quando ele tentar te comer sem camisinha ou no buraco errado. Você não pode responder à altura, dizendo que com o calibre que ele tem ali você talvez não sinta muita diferença mesmo. Você vai despistá-lo sorrindo ou cobrar mais caro depois — só isso.

Se você quiser ser acompanhante, é preciso contar com receber esse troco a menos e sempre calcular em sua defesa, sem demonstrar que está calculando. A prestidigitação que eles aprenderam nos pornôs que funciona, tapear a mulher, engabelá-la, desnorteá-la, faz parte do pacote para muitos clientes. Sem isso, não sobe.

É importante também evitar o sujeito que te romantiza e quer te transformar em esposa, na amante perfeita. Ele quer que você seja só dele, e por vontade própria. É uma fantasia muito comum nos homens solteiros de vida sexual morna. Mais seguro é atender caras que já saem com GP de vez em quando, os casados de terno. Não fique tentada a diversificar. Só dá problema. (Tipo como foi com o Carlo ou com o sujeito do restaurante.)

Era um diário, mas escrito já se pensando em publicar. Lucinda desce a tela do notebook de Viviana e encontra uma entrada mais recente. A linguagem, como ela suspeitava, já é outra:

Tudo isso que a sociedade reprova e não quer que você pratique — prostituição, BDSM, homossexualidade, droga — tem algo em comum: querem que você acredite que, se você tocar uma vez que seja em qualquer um deles, nunca mais vai se livrar. Que eles são caminhos sem volta. O HIV/aids causou a mais pura felicidade nessa gente, porque era bem assim: caminho sem volta, a justa e eterna condenação divina, o definhar e a morte, amém. Agora tem coquetéis, tratamentos, profilaxias, a pessoa sobrevive e bem. Estão inventando uma vacina. Será que deus resolveu liberar geral de novo?

Enfim. A propaganda continua firme e forte em pleno 2017. Fumou um baseado? Vai morrer cracudo. Trepou por dinheiro? Nunca mais será uma mulher normal. Deu o brioco? Viado pra todo o sempre. Começou a curtir um chicotinho? Nunca mais vai gostar de sexo baunilha etc. etc. Mas o tanto de gente que tocou nessas coisas impuras e as incorporou à sua normalidade — o bissexual, o maconheiro de fim de semana, a acompanhante de ocasião (yo) — estão aí pra dizer que: é tudo balela. Não se paute por essa gente que nunca desfrutou da vida, que nunca pisou fora da risca e por isso não petisca. Experimente o que tem vontade. É bem possível — e até mais provável — que você consiga obter mais formas de prazer na vida se experimentar várias. E digo mais: normal mesmo é a pessoa incorporar uma ou duas dessas coisas na sua vida corrente. Ninguém aguenta viver o tempo todo uma coisa só. Só mesmo em filme.

Sua irmã estava escrevendo um livro de autoajuda pornô. Meu Deus. Ia vender milhões.

— Chegamos, senhora — diz o motorista, virando-se para trás.

— Ah, desculpe. — Lucinda fecha o notebook, paga a corrida, põe o computador debaixo do braço e sai com sua mala tamanho cabine, calça preta e blusa branca. Parece uma executiva, só que desesperada. Olha para os lados procurando a direção certa e corre, arrastando sua mochilete, em direção ao balcão da companhia aérea.

Continua correndo enquanto pensa: narrar aventuras picantes já tinha deixado rica mais de uma prostituta brasileira craque em *branding* pessoal. Já haviam lucrado até mesmo com o fenômeno inverso: vejam tudo que fiz enquanto estava possuída por demônios até Jesus me salvar. Autoajuda erótica era um filão menos explorado. Será que Viviana teria mesmo coragem de publicar aquilo? Com o próprio nome? Talvez pelo dinheiro, que com certeza seria grande.

É, mas ela não estava demonstrando remorso. Não parecia nem um pouco contrita por ter topado a vida fácil sem precisar de verdade, sem um filho faminto ou uma história trágica de miséria e abuso. Sexy, inteligente e no controle da própria vida: será que o Brasil estava preparado para aquele tapa na cara?

Era Vívian o nome de puta dela. *Vívian*. A cara de Viviana: flertar com o perigo, tirar uma letra do próprio nome e usar a sobra como nome de guerra, com tantos dando sopa por aí. Mas era adequado, Lucinda devia admitir. Viviana era nome de gente rica, um nome exclusivo, que nunca vira em mais ninguém que conhecesse; sua mãe o escolhera depois de estudar atentamente todas as opções e grafias imagináveis em livros de nome de bebê, quebrando a cabeça por meses a fio por causa daquela imprevista segunda filha mulher. E cravara Viviana na nova bebê. Nem Vívian nem Viviane, como era comum. Um nome europeizado. E, tirando uma letra, surgia um belo pseudônimo, com outra cara. Virava nome de puta. O nome da puta de *Uma linda mulher*. Era puro estilo Vivi: se esconder bem debaixo do seu nariz.

Já seu nome, Lucinda, cheirava a anáguas e romances de cavalaria. Era o nome cristão de sua bisavó indígena, uma homenagem de Cássia. Agora ela quase não usava mais esse nome. Sua mãe e sua irmã a chamavam de Lucy, mais curto e afetuoso, e transmitia intimidade. Na adolescência, com vergonha de seu nome verdadeiro, se apresentava como Cindy, que na época lhe parecia estrangeiro e sofisticado, mas era só difícil de entender no barulho das boates. Na pós-puberdade, nada a deixava com mais ódio do que quando descobriam seu verdadeiro nome e a chamavam por ele. Ela havia produzido uma identidade falsa com o nome Lucy, mas às vezes o Lucinda era descoberto na chamada escolar ou quando alguém era esperto o suficiente para perceber que a junção dos dois apelidos, Lucy + Cindy, dava em Lucinda. Hoje gostava de seu nome de batismo: achava que tinha um ar de riqueza antiga, até de nobreza.

Mas Cássia tivera uma segunda filha e tivera que ser... criativa. Tantos avôs ilustres à espera de homenagem, e viera outra garota. Depois, mais ninguém.

Lucinda consulta o celular. O relógio marca 2:58 da tarde. Fizera o bendito post com a notícia do desaparecimento da irmã e uma foto dela. As pessoas se condoíam, compartilhavam, ofereciam suas simpatias, mas nada de pistas. Sua mãe ainda não tinha visualizado nem ouvido suas mensagens. Devia estar se divertindo muito em algum passeio de barco, mas em algum momento voltaria ao hotel e descobriria o que estava acontecendo.

Sentada na sala de embarque do aeroporto, Lucinda dá uma busca por seu próprio nome numa das pastas do notebook de Viviana. Apareceu em apenas um arquivo, chamado refugo.docx.

É um duplo desgaste tentar conviver calma com quem está competindo com você. Quer dizer, seria menos esforço entrar na competição do que ficar evitando entrar, como estou fazendo com minha irmã mais velha, Lucinda, desde que me entendo por gente. Bem, desde a pré-adolescência, pelo menos.

"Claro que você não quer competir: não precisa! É hors-concours, ganharia fácil demais, não é? Pegaria até mal pra imagem perfeita da srta. Superior competir contra adversárias tão fracas. Agora sumiu por aí, vai ver morreu. E eu, eu tenho que ler esta merda", pensa Lucinda, antes de continuar lendo.

Minha irmã é um caso clássico de pecadilhos anos 90. Competitiva. Compulsiva. Bulímica. Nossa mãe nos levou à mesma psicóloga ao mesmo tempo, mas era óbvio quem estava precisando mais de tratamento.

"Sim, você!", pensa Lucinda.

Ela se achava a rainha das injustiçadas, dividindo mulheres em galinhas/vagabundas/piranhas e ela, a santa. Tão superior, ela.

"Ah, vai cagar!", Lucinda diz em voz alta, atraindo o olhar curioso de seu vizinho de cadeira e fechando o arquivo com um clique raivoso direto no x. Como Vivi era fria! Como pôde ter escrito uma merda daquelas sobre ela? Como pôde escrever aquilo *pensando em publicar*? Bem, a verdade é que o trecho estava num arquivo chamado "refugo" — ela desistira de publicar. Mas que ódio!

Houve diagnósticos — distímica, esquizoide e até Asperger, quando Vivi era bem nova e quase não falava, só lia. (Para Lucinda: ansiedade, pânico, bulimia. A ansiedade era verdade, uma verdade perene; o pânico ia e — às vezes — voltava; a bulimia hoje era um pesadelo distante e nojento.) Lucinda lembra de ter ficado impressionada e com um pouco de inveja quando a irmã, aos seis anos, levou uma advertência da escola por ter "invadido" a "seção para adolescentes" da biblioteca e lido livros "impróprios para seu estágio de desenvolvimento psicossocial". Lucinda sabia que a biblioteca não tinha seções separadas por idade e que todos os alunos pegavam e liam livros com conteúdo potencialmente picante. Mais tarde Lucinda entendeu que a escola aplicara a advertência a Vivi apenas por não saber mais o que fazer com ela, que não gostava de socializar e às vezes se envolvia em brigas, e assim havia criado uma desculpa para que Cássia tomasse as rédeas do problema e levasse a filha a um psicólogo infantil.

Aos poucos Viviana aprendeu a se passar por normal em seu meio, a parecer mais uma entre suas amigas branquinhas. Tanto quanto dava, pelo menos. A atuação se incorporou ao seu jeito de ser. Talvez atuar fosse a sua profissão ideal, a sua vocação. E, é claro, seu jeito distante desencorajava perguntas insistentes. Mal era possível travar uma conversa sobre o cotidiano com ela e obter algo em troca, quanto mais conhecê-la de verdade. Mesmo se a pessoa achasse que valia a pena insistir, desistia antes de chegar aonde importava, derrotada pelo laconismo, pela beleza intransponível e pelo carisma praticado de Vivi. Lucinda testemunhara isso inúmeras vezes, vira o aperfeiçoamento ao longo da adolescência da irmã. Hoje esse treino também devia deixar mais fácil ignorar as alianças dos casados. Se é que chegava a sentir remorso. Se é que não tiravam o anel antes.

Mas Lucinda conhecia a irmã de antes, de bem antes. E não a julgava — ou melhor, julgava, mas com informação suficiente para absolvê-la. Mesmo na fase de sucesso como modelo, Vivi sempre mantivera um mundo secreto em que ainda podia ser criança e — talvez mais importante — cultivar hobbies imaginativos. Primeiro, foi a paixão por super-heróis, especialmente super-heroínas. Com doze anos, era freguesa constante de certas bancas de jornais que vendiam gibis importados. Depois, passou a baixar tudo pela internet. Não comentava nada disso com seus colegas de escola. Se eles fossem à casa delas, Viviana dizia que os livros e gibis visíveis eram da irmã mais velha, e Lucinda deixava passar, sentindo-se compreensiva e abnegada. Mais tarde, Vivi teve a fase de ver anime legendado por fãs e de colecionar mangás, chegando a fazer aulas particulares de japonês com um professor niteroiense. Com o tempo, seu gosto se tornou mais alternativo e refinado: clássicos da literatura, filmes cabeça, discos de vinil. Em paralelo, a vida de modelo, a imagem de garota frívola. Não era fachada: as duas Vivis eram reais. A irmã mantinha tudo muito bem separadinho em seus compartimentos, embora houvesse alguma falha de comunicação interna que fazia com que ela demorasse a contar a si mesma o que estava sentindo. Talvez daí o hábito de escrever: colocar no papel ou na tela seria uma forma de suprir essa deficiência. Bem, Lucinda não era psicóloga nem detetive, e no entanto lá estava ela.

Tinha revistado o apartamento da irmã com o objetivo de descobrir seu paradeiro, havia pesquisado seus últimos gastos e dera início aos trabalhos de busca e preocupação coletiva, cutucando as redes sociais com uma primeira postagem: "Minha irmã viajou para São Paulo e desde ontem parou de dar notícias. Estou preocupada! Alguém teve contato com ela?".

E tinha descoberto aquilo.

Fizera a postagem, mas sabia que as pessoas não teriam empatia se aquele lado da vida de Viviana viesse à tona. Ah, nem um pouco. Viviana dera sorte por ser a sua irmã quem estava investigando. Ela podia sentar naquela bomba e impedir que explodisse. Saberia tratar aquilo ao mesmo tempo com emoção e distanciamento, porque os dois seriam necessários.

Pois vejamos. O culpado pelo desaparecimento de Vivi podia ser um cliente. Podia também ser uma colega invejosa ou um cafetão vingativo. Podia até ter a ver com droga. Mas podia não ser nada disso; quem sabe nem fosse um desaparecimento de verdade.

Lucinda desconfia que qualquer investigação policial se ateria apenas ao fato de sua irmã ser puta. E aposta que seria em vão explicar a qualquer investigador profissional o histórico todo de Viviana e como ela tinha outras áreas em sua vida igualmente importantes. Que em todas ela arranjava inimigos, pessoas que a odiavam e poderiam querer prejudicá-la, porque ela era bonita, porque brilhava demais, porque era uma mulher cabocla que não baixava a cabeça. Lucinda carrega essa intimidade como um trunfo, tentando se convencer da coisa certa a ser feita.

Ela se preocupa com a hora em que a mãe finalmente conseguir uma conexão, encontrar seus recados e telefonar. Cássia estava tentando se recuperar de uma estafa e Lucinda chegaria com o baque de contar que a irmã continuava desaparecida; não havia a menor condição de revelar a segunda profissão de Viviana no mesmo telefonema. Lucinda sente medo de se atrapalhar e deixar escapar alguma coisa. Também tem medo de contar sobre Graziane. Que inferno essa incerteza.

15h02. O voo para São Paulo vai sair de um daqueles portões de baixo, com ônibus, e ela se remexe na cadeira, encontrando novas razões para se inquietar. Tinha frisado à atendente da companhia aérea que precisava chegar rápido a Guarulhos e ela lhe pusera naquele voo? Devia ter dito: "É questão de vida ou morte!!!" e chorado. Para ela era difícil transmitir o que de fato sentia. Ora, e também achava que tinha algum direito à privacidade, que era possível conseguir as coisas sem dar escândalo. Até parece. Aquela não era hora para orgulhos. Talvez não tivesse parecido desesperada o suficiente. Ou talvez — pensa no olhar da atendente — não tivesse parecido rica o suficiente. "Pago o que for", e cartão na mesa.

Além disso, Lucinda não sentiu firmeza na polícia. Tinha mandado a foto da irmã por WhatsApp, como o policial da delegacia em Botafogo havia recomendado, e recebido o cartaz de desaparecida de Vivi, mas era tudo o que pareciam estar fazendo. Talvez fosse melhor contatar um detetive particular. Só que a mãe, como advogada, dizia que a esmagadora maioria deles não resolvia nada, isso quando não eram chantagistas profissionais ou se aproveitavam das informações que obtinham para praticar sequestros e golpes. Lucinda não saberia qual nome era confiável e não arriscaria num assunto dessa importância. Até Cássia entrar em contato, Lucinda era mesmo a pessoa mais indicada para investigar. Ou a menos contraindicada. Junto com Graziane. A namorada de Vivi tinha acabado de escrever contando o resultado do encontro que tivera com o ex dela: ele não parecia ser o culpado. Agora Graziane ia atrás do menino de ouro que tinha prejudicado a carreira de Vivi havia algum tempo. Dizia que sabia muito bem como lidar com o tipo.

Lucinda lembra como aquele caso fora desagradável e doloroso. Não é impossível que o culpado esteja ali; ela tinha acompanhado tudo de perto. Resolve compartilhar com Grazi algumas informações sobre os envolvidos. É o que pode fazer para ajudar.

Enquanto isso, embarca para Guarulhos, atrás da última localização de Vivi indicada pelo celular dela. Era mais fácil ir de avião do que pegar a estrada dentro de São Paulo. Além do mais, ela própria queria investigar aquela parte. A senha de oito dígitos do banco de Vivi, que não podia ser o telefone da correntista, estava armazenada num arquivo de texto na pasta Documentos. Era o telefone da mãe sem o primeiro dígito. Lucinda poderia ter pensado nisso nas três tentativas permitidas se sua cabeça não estivesse no pior momento da história para fazer inferências. Três vivas ao usuário incauto que anota a senha na borracha — pelo menos numa hora daquelas viria a calhar.

O que Lucinda encontrara não foram dívidas, como esperava, mas uma aplicação de valor suficiente para dar entrada num apartamento. Claro, sua irmã estava se prostituindo também com um objetivo econômico. E do jeito que era focada...

Porém, nos extratos de seis meses antes, que era até onde o banco permitia consultar, havia transferências substanciais feitas para um mesmo CPF. Todo mês Vivi fizera pelo menos uma transferência, às vezes mais. Certo, dívidas não eram. Então quem sabe algum tipo de chantagem?

Juntando isso ao local das últimas despesas registradas no cartão de crédito e à geolocalização mostrada pelo celular da irmã, que apontava um endereço em Guarulhos, Lucinda tem certeza de quem deve procurar.

5.

Graziane

Graziane chega ao endereço na Vila Mariana umas quatro e meia da tarde, depois de ter entrado no site do recém-inaugurado espaço de coworking de Leonardo Faulhaber em São Paulo. É uma casa de dois pavimentos, com fachada branca e terracota, aparentemente recém-reformada, com portão de ferro e um pequeno jardim de vasos e canteiros. A fachada rústica é adornada por uma placa de acrílico presa por espaçadores de alumínio: Planta Master — Espaço Criativo. Graziane puxa o ferrolho, empurra o portão e entra. Tenta espiar pela fresta do vidro jateado da porta da frente, mas como não enxerga nada lá dentro empurra também essa porta.

Não há ninguém na sala. Ela vê almofadas coloridas jogadas a um canto e uma comprida bancada com apenas um computador, desligado. Ao fundo despontam, deitadas, pranchas coloridas de surfe seminuas, espiando de suas embalagens pretas, pelo visto não usadas recentemente, e parte de uma roupa de borracha. Um cheiro de suor atenuado por desinfetante parece dominar o ambiente — ou pode ser impressão dela. Será que Léo não está?

Pensa em chamá-lo, mas muda de ideia. Se Léo ouvir voz de mulher, ela talvez desperdice o efeito surpresa. Pisando leve, Graziane continua em direção ao que parece ser um lavabo e uma copa.

No site, Leonardo anunciava que quem alugasse um espaço em seu coworking teria direito a uma sessão de *coaching* com Léo Faulhaber, um dos criadores do Jerimum Selvagem. E informava ao pé do parágrafo: "Disponibilidade limitada pela agenda do humorista".

Graziane pesca um ruído discreto no andar superior ao passar pelo vão da escada. Decide subir. Desta vez, fazendo barulho. À medida que sobe os últimos degraus, avista a cabeleira loura de Léo, que, pelo menos vista de costas, até que nem tinha diminuído muito para um homem acima dos trinta; a nuca de Léo adornada por um desses headphones grandes de marca que cobrem parte da orelha sem chegar a isolar ruídos; as costas de Léo numa camiseta amarela; a bunda de Léo numa bermuda cargo cinzenta e, por fim, as panturrilhas de Léo — uma delas raspada, tatuada e embalada em plástico-filme. Parada atrás dele no topo da escada, Graziane sorri. Estende a mão e aperta de leve o ombro dele.

Léo dá um pulo, arranca os fones e se vira para ela.

— Por isso que você não atendia... — diz Graziane. — Ooi, Léo.

— Oi. — Ele não a conhece, mas acha que devia conhecer, e faz uma cara intrigada. — Desculpa, você é a...?

Graziane dá um sorriso contido e lateral e estende a mão.

— Você não me conhece. Graziane Novicki. Prazer.

Os olhos dele faíscam, tentando não passear pelo corpo dela, mas resvalando no decote não muito profundo.

— Prazer, Graziane. Léo. — Ele aperta a mão dela e com a outra coça a cabeça, fingindo embaraço. — Foi mal. Eu estava aqui escrevendo um roteiro... *muito* concentrado.

Ele engata o modo anfitrião ultrassimpático.

— Então? Interessada no espaço? — pergunta ele, desligando a tela e começando a andar. — Peraí, vou fazer um café, senta um pouco.

Leonardo se encaminha à copa enquanto Graziane se senta num sofá próximo. Léo para diante de um balcão de fórmica branca, seleciona um dos cafés em grão da prateleira acima dele e despeja um pouco no moedor. Olha para Graziane.

— Tô mancando muito? Tatuei hoje. Três horas de sessão... — diz ele, dando um sorriso dorido.

Pelo visto ele não está com nenhuma pressa de saber por que ela está ali. Graziane resolve pagar para ver até onde ele vai. Afinal, está ali para sondar.

— É mesmo? Com quem?

— Com a Jorgina Terêncio. Conhece?

— Não.

— Namorada de um amigo. Muito boa ela.

Ele estica a perna para ela ver, enquanto passa o café. Graziane contempla a tatuagem. É uma mandala na panturrilha. Não exigiu qualquer sombreamento especial ou técnica mais apurada. Graziane assente com a cabeça e diz com uma leve sombra de sarcasmo na voz:

— Ficou muito boa.

Léo põe uma xícara de café diante dela, e Graziane dispensa o açúcar, o que lhe rende um elogio. Ele respeita quem sabe apreciar um café puro. Graziane ganha tempo, deixa ele falar do espaço, dos valores de aluguel por dia, semana e mês. Quando ele menciona o *coaching*, ela resolve chegar aonde interessa. Dá uma leve palmada na coxa.

— Na verdade, eu vim aqui por um motivo meio... diferente — diz com voz de veludo. Faz uma pausa, segurando a revelação. — A verdade é que estou mais interessada no seu *coaching* do que no espaço. Eu nem acreditei quando soube que você estava em São Paulo. — Num gesto amplo e lento, ela traz as mãos para o peito, dando a ele a desculpa perfeita para olhar os seios dela de novo. — Eu sou a maior fã do Jerimum Selvagem. Não vou falar que eu "era", porque tenho certeza de que um dia vocês vão voltar.

A boca de Léo começa a se abrir num sorriso em que de repente os lábios cobrem os dentes. Achando graça. Relutantemente lisonjeado.

— Ah, Graziane, que é isso.

— Ah, me chama de Grazi! — Ela capricha nas inflexões agudas e entusiasmadas, como se tudo acabasse num ponto de exclamação. — Eu era a pessoa que mais acessava na minha cidade. *Sempre* deixava um comentário. Vocês moderavam, né? Lembram de uma Grazi51? Não? Puxa, acabou tão de repente. E daquele jeito tão… pra baixo.

— É, aquilo foi… — O rosto dele mostra saudosismo, mas quase nada de ressentimento.

— E aquela mulher acusando vocês de *racismo*…? Ela queria era ganhar dinheiro, né? No mínimo aparecer, chamar a atenção, porque talento não tinha. Aposto que sumiu.

E sumiu mesmo, pensa Graziane, atentando para a expressão do homem, na qual se forma um falso ar de benevolência.

— Ah, eu não guardo rancor, não, sabe, Grazi? Faz mal pra alma. Aqui está tudo em paz. Ela era da minha escola, sabia? Se encontro ela na rua hoje, cumprimento normal e toco em frente. Isso acontecia, já que a gente morava perto lá no Rio. Eu cheguei a ver a Viviana sendo chamada de "a Yoko Ono do humor brasileiro". Que exagero. Cá entre nós? O Jerimum já tinha dado o que tinha que dar. O humor na internet mudou muito de 2002 pra cá. Virou uma coisa de memes, mais politicamente correta. Enfim, evoluiu. E a gente não conseguiu acompanhar.

— Ah, não diz isso! — protesta ela.

— É verdade!, digo sem problema. Tinha mais é que acabar. Insistir pra quê? Pra virar dinossauro? Cada um seguiu seu caminho, e foi melhor assim. O Chico ficou com o site só pra nenhum oportunista pegar o domínio. Virou programador. E eu agora tô roteirizando uma série pra *streaming*...

Graziane vê que, apesar daquela retórica cordial, ele fala a verdade. Guardar rancor de Vivi e tentar sujar a imagem dela não combinava com a visão que ele tinha de si mesmo e procurava projetar por aí: a de um cara boa-praça, engraçado, sensível, mas não a ponto de ser visto como um chato. Leonardo jamais faria críticas duras aos amigos em público; por outro lado, para ele, não seria de bom-tom perseguir Vivi abertamente, por mais que ela o tivesse prejudicado ao expor a hipocrisia dele e o racismo de seu sócio. Até porque nada poderia arrastá-lo à derrocada definitiva, à execração pública, muito menos à bancarrota. Mesmo na pior das hipóteses, aquele surfista-roteirista, filho de embaixador e dono de imóveis na zona sul do Rio de Janeiro jamais se veria com uma mão na frente e outra atrás. De qualquer modo, não é tanto com ele ou com Chico que Graziane está preocupada.

— E o Walter, hein? O que ele tem feito? — pergunta ela.

— Não sei. Graças a Deus. — Léo beberica seu café. — A gente parou de se falar depois daquilo.

— É mesmo?

— É. Na época ele começou a andar muito com esses moleques de fórum, desses que chamam mulher de depósito de... de umas coisas horríveis — censura-se ele. — O Walter tinha me dado carta branca pra cuidar do canal, mas quando soube que eu tinha contratado uma atriz, uma *mulher*, e viu a cara dela... ele surtou. Apareceu no estúdio de repente, querendo mijar no poste e encher meu ouvido de merda.

— Então ele é do tipo que falaria mesmo aquilo tudo dela.

— Falou!, aquelas merdas todas! Disse que ela tinha cara de empregada, falou um monte. A verdade é que ele já não batia bem da cabeça. Nunca bateu. Aí começou a perder a linha com droga, a andar com uma galera errada. Queria virar guru dos moleques de fórum, e começou a usar o Jerimum meio que como plataforma pra juntar seguidor bitolado, né. Não tinha mais humor ali. Só política. Aí eu não gostei. A gente brigou. Foi justo aí que rolou a história com a Viviana.

— Que horror. E onde ele está agora, o que está fazendo?

— Ele está... na Europa, acho. — Leonardo puxa o celular do bolso traseiro da calça e confere: — Ó, em Amsterdam. Eu nem sigo o Instagram dele mais, mas é fácil lembrar: walter.xxx.

— Será que ele volta?

— Não, ele está ilegal lá. E um cara desses? Ele não vai voltar. Lá tem maconha, putas...

Graziane olha para baixo, para as próprias unhas feitas com esmero. *Maconha* e *putas* reverberam em sua cabeça. Precisa pegar o celular assim que der e fuçar tudo sobre esse Walter, agora que sabe onde ele se esconde na internet. Já sabe que não pode ter sido ele — mas quem sabe algum jovem pau-mandado dele no Brasil? Estranhando seu silêncio, Leonardo pergunta:

— O que foi?

— Não, nada, eu estava com umas ideias aqui. — Graziane abre espaço para acomodar Léo, que de repente veio sentar a seu lado no sofá. — De me candidatar a roteirista ou atriz do Jerimum, se vocês resolvessem voltar. Mas, pelo visto, sem chance, né?

Léo olha para Grazi embevecido e estica os lábios sobre os dentes numa careta de compreensão. Ela tem um cheiro muito bom, além daqueles olhos claros e oblíquos que ele quase não conseguia encarar.

— Por enquanto, chance nenhuma — ele diz por fim, devagar, se aproximando mais dela. — Mas quem sabe um dia, em outro projeto...

A cada palavra, ele se aprochega uns milímetros. Mas Graziane se afasta. Pega sua bolsa com movimentos calmos, certeiros, e se prepara para se levantar.

— Já vai? Não quer deixar seu cartão, pra gente combinar o *coaching* depois? — diz ele, aprumando-se.

Graziane ri.

— Achei que ninguém mais pedia cartão. Você quer meu telefone?

— Claro.

Ela tira papel e caneta da bolsa e escreve.

— Obrigado — ele diz. — Eu te levo lá embaixo.

Léo segue-a escada abaixo, os dois atravessam a saleta-saguão, ele abre a porta da frente para ela. Graziane agradece o café e lhe dá um beijo de despedida no rosto antes de deslizar pelo umbral. Por um momento, ele fica olhando pela parte transparente do vidro fosco. O que tinha acontecido ali? O que aquela mulher realmente queria dele? Por que tinha dado para trás quando já estavam tão próximos no sofá? Será que ele havia interpretado mal a situação? Graziane bate o portão da rua e desce a rua sem olhar para trás. Pelo jeito, ele não tinha nada a oferecer a ela.

Leonardo se vira para trás e olha para as pranchas de surfe, com saudades do mar.

No táxi, Graziane manda um áudio para Lucinda.

— Então. Não foram eles. Nem o Léo nem o Walter. O Léo não está nem aí pra ela. O Walter continua um babaca, mas está morando em Amsterdam e não tem como vir para o Brasil, porque tá ilegal. — Suas frases saíam em tom descendente, ela estava decepcionada com mais aquele beco sem saída. — Você já chegou em Guarulhos? Me avisa quando chegar, tá? Acho que vou dar uma passada no apê da Vivi, ver se encontro alguma coisa. — Ela faz um resumo da conversa com Leonardo e manda o Instagram de Walter para Lucinda conferir.

Dez minutos depois, Lucinda aterriza em Guarulhos, recupera o acesso à internet e ouve o recado de Graziane. Olha as fotos de Walter no Instagram. Chega à mesma conclusão que Graziane.

Leonardo Faulhaber tinha sido colega de escola de Viviana e Lucinda desde pequeno. Tinha a idade de Lucy e fora da mesma série que ela por um bom tempo, até repetir de ano. No âmbito escolar, era famoso como o menino que tinha imprimido o Goatse em tamanho cartaz e levado para a sala de aula; como o garoto que vencera um concurso para batizar uma festa com a sugestão Fantasia Now (vetada pela coordenação); e como co-fundador do zine impresso *Idéia de Girico* (na época ainda com acento) no segundo ano do ensino médio, com Chico Matsushita e Walter Bonelli. O trio zineiro foi junto para a mesma faculdade de comunicação social que Lucinda, e, depois do trote e da chopada, eles ressuscitaram o zine como site, aproveitando para mudar de nome: agora seriam o Jerimum Selvagem. No início, o site não tinha muita identidade: publicava longos artigos espinafrando celebridades, resenhava drogas e filosofava sobre práticas sexuais; fazia piadas oportunistas e visuais com a gafe do momento ou com o filme que estivesse entrando em cartaz — o que depois viria a ser conhecido como meme, e não no sentido que aprenderam em Teoria I. Leonardo logo se firmou como aquele que descolava patrocínios, parcerias e gratuidades. Pouco depois, duas novidades: o site passou a não suportar o grande número de acessos, e os três receberam a primeira "cartinha de amor" via oficial de Justiça, enviada por um jovem cantor sertanejo arrancado à força do armário pelo Jerimum Selvagem. O novo site foi hospedado num servidor croata para desencorajar processos, adquiriu formato blog e passou a sobrepor uma marca d'água a seu conteúdo para evitar compartilhamentos sem crédito. No meio da faculdade, Leonardo, Chico e Walter começaram a lançar desafios do tipo *Jackass* para os internautas, até se darem conta de que não podiam mais bancar tantas controvérsias e processos: preferiam ganhar dinheiro descomplicado. O conteúdo, então, tomou um rumo mais inócuo, pelo menos do ponto de vista jurídico. A última vez que Lucinda se lembrava de ter ouvido falar deles foi ao serem encampados por um portal. Isso até 2014.

Viviana, recém-chegada ao Brasil, tinha vindo comentar com Lucinda, empolgada: "Lembra do Léo Faulhaber, lá da escola? Aquele site dele vai abrir um canal de vídeo. Ele disse que quer mudar um pouco a linha de trabalho, mas mantendo o espírito, e aí lembrou de mim. A primeira integrante mulher do Jerimum Selvagem, olha que honra", dissera Vivi, sarcástica. "Mas o que importa é que eu vou estrear como atriz de humor. É perfeito, porque, se for como estou imaginando, você precisa ficar séria pra piada funcionar, sabe? Primeiro trabalho que eu pego em que *não é pra sorrir*."

Mais tarde Léo confidenciaria a Viviana que sentia estar ficando velho, perdendo o contato com o humor que fazia sucesso e agradava. Depois de uma madrugada-manhã de insônia e muito surfe, Léo concluiu que, se a concorrência mais forte eram os *vloggers* adolescentes, o que eles precisavam fazer para enfrentá-la era produzir vídeos, coisa que, se feita direito, poderia até render futuros contratos com a TV. Tomou, então, providências para abrir um canal do Jerimum Selvagem no YouTube, com esquetes de humor roteirizados por ele e Chico. Mas faltava alguma coisa. Foi aí que Léo se lembrou de Viviana.

79

Na época, Lucinda ficou pensando: por que Vivi? Claro, havia a coisa do espírito descolado que Léo e seus brothers sempre tentaram passar e que Viviana encarnava à perfeição. Essa persona dela já era um trabalho de atuação, mas eles não precisariam ficar sabendo; aliás, mesmo se soubessem, eles nem ligariam. Também havia a praga da mulher bonita fazendo papéis sexualizados em esquetes de humor brasileiro. Pensando por aí, por ser cabocla Viviana assumiria o papel de um símbolo sexual "alternativo", adequado aos novos tempos. Lucinda não quis falar para a irmã, mas pensou um pouco além: o tipo físico de Viviana seria proverbial também para calar a boca dos que acusavam o Jerimum de machismo, racismo e homofobia, o que afastava alguns internautas e patrocinadores.

Semanas depois, o áudio que viralizou nas redes sociais, captado na ilha de vídeo pelo celular discretamente plantado de Vivi, continha expressões como "Pena que ela tem cara de empregada, né?" e "Cabelo bonito, até parece que é dela". Todas ditas por Walter, mas, ainda assim, em sua postagem-denúncia Viviana condenava o "silêncio conivente" de Léo, que em resposta declarara achar aquilo injusto e acusara Viviana de ter feito um "recorte tendencioso" da conversa. Depois disso, nem o site nem o canal sobreviveram, tampouco a amizade de Léo e Walter.

O que inflamava a raiva de Lucinda era Léo ter dito na época que a atitude de Walter tinha sido uma infeliz casualidade, e não resultado de uma trajetória maldosa desde o ovo da serpente, desde o começo daquele zine idiota naquela escola babaca. Léo disse que Walter tinha "ficado maluco", coitado! — e não radicalizado a misoginia racista que sempre esteve lá —, e que ele, Léo, não tinha passado pano nem se calado — ao contrário do que provava o áudio gravado por Viviana —, mas que *vinha brigando com o amigo desde antes de acontecer aquilo*, que o áudio que Viviana tinha divulgado fora apenas um lance isolado na jornada daquele cavaleiro andante do humor brasileiro! Mesmo que não tivesse havido aquele áudio, Léo garantira, de qualquer maneira ele iria acabar com o site e cortar laços com Walter. Essa versão em que Léo estrelava, heroico, possante, era a que ele contava a si mesmo. Ao mesmo tempo, com isso ele se colocava como mera vítima das circunstâncias, joguete do destino. Lucinda via que ele não passava de um aproveitador frouxo, acostumado a todo tipo de embuste para manter acesa a chama de seu amor-próprio.

Por último, bem lá no fundo do tacho de sua tristeza, Lucinda encontrou seu pedaço de culpa na história. Ela tinha achado a irmã oportunista por divulgar o áudio. Tinha duvidado que Vivi estivesse revoltada; achou que ela quisesse apenas se promover. Claro que publicamente ofereceu à irmã todo seu apoio, compartilhou o áudio em suas redes sociais e a defendeu com firmeza, chegando a brigar com desconhecidos na internet — porque, afinal, ela era sua irmã. Mas no fundo tivera aquele pensamento traíra sobre Vivi, e agora se sentia uma merda, porque Viviana estava certa. Agora via o que ela vira, perfeitamente.

6.

Lucinda

Aviões são pequenos para Lucinda. Quando possível, compra poltronas que oferecem espaço extra, mas, mesmo assim, se sente apertada. Estica uma perna na diagonal, encolhe. Depois a outra. O movimento ajuda o joelho a não travar. A dica de suas amigas gordas é que ela use saia em viagens de avião. Lucinda não gosta de saias; está de legging.

Calcinhas tendem a se entranhar no fundo de suas nádegas enquanto ela anda, se senta ou se levanta. Em aviões, com a legging, o caso se agrava. É preciso mergulhar a mão por trás da calça e corrê-la de um lado para o outro. Antes de iniciar a operação, Lucinda confere se seu vizinho de poltrona está distraído. Não há ninguém entre eles, e o senhor na poltrona do corredor mira embevecidamente o rabo justinho de uma aeromoça que acomoda bagagens no compartimento do alto. Lucinda ajeita seu próprio rabo, e se acomoda na cadeira.

Aos trinta e cinco anos, Lucinda não tem mais nenhuma dúvida de que é uma mulher sensual — sabe disso e às vezes acha que todo mundo sabe, sempre soube, só que as pessoas não admitiam. Alguns caras a procuravam quando estavam na cidade ou a viam disponível numa festa, por exemplo. Iam direto para ela. Mas raros queriam assumir a gorda mais alta do que eles como namorada.

Sexo casual ela já fazia muito antes de existirem aplicativos para isso, mas nos últimos tempos vinha se aventurando também no mundo BDSM, inscrevendo-se em sites voltados para esse público. Conhecera gente que era amarrada ou que gostava de amarrar, que era espancada ou que gostava de espancar (ou de queimar ou torcer mamilos). Lucinda não sabia muito bem do que gostava — ou, conforme dizia em seu perfil nesses sites, ainda não sabia, mas estava disposta a descobrir. Seu parceiro mais frequente nessas experiências era Nelson, que gostava de algumas dessas coisas e aparentemente dela, ainda que ela estivesse com medo de, no fundo, ser só um fetiche dele por gordas fortes e amazônicas. Era tudo muito novo e estranho, mas fazer o quê? Ela estava começando a admitir para si mesma que gostava dessa prática, e daquela outra. E dele. Nelson é um pouco mais novo que ela, e ela o considera um partido promissor, mas ainda não quer chamá-lo de namorado. Em parte porque seu último relacionamento sério foi com um homem de outra geração, dez anos mais velho, meio passado do ponto e que tinha manias ruins de macho latino. Sempre trairia a mulher, ou pelo menos tentaria, e só se sentiria normal agindo assim. Não admitia ser questionado sobre suas finanças nem dividir as tarefas domésticas, muito menos pensar sobre o assunto. Exercia uma maliciosa e discreta retaliação se ela ficasse alegre de bêbada e dançasse até o chão numa festa ou se escolhesse um vestido curto ou batom forte. Humilhava Lucinda de brincadeira sempre que pudesse, para mostrar quem era o maioral da relação, e se fazia de sonso caso confrontado. Lucinda se cansou disso. Havia percebido que todos os seus tios e primos mais velhos, de uma forma ou de outra, eram adeptos dessa mesma ladainha.

Já os rapazes um pouco mais novos tinham pelo menos algum potencial para bons parceiros. Mas não era o caso dos muito mais novos; estes praticamente haviam sido educados pelo pornô amplo geral e irrestrito, acreditavam em sua narrativa, começavam a atacar mulheres de forma frívola a fim de exercer controle, a chamá-las de puta, gorda e feminazi — em suma, tinham provado do veneno misógino dos *chans* e estavam apodrecidos por dentro (tão cedo!). O que será que acontecia com os homens da faixa intermediária decente, que boa influência os agraciava? Lucinda ficava tentada a pensar que poderia ter sido a exposição ao *girl power* dos anos 1990, nem que fosse na forma diluída das Spice Girls. E a dificuldade de eles terem acesso ao pornô, devido à falta de conexão decente e de um cartão de crédito próprio. Eles teriam alguma vez desejado uma garota de carne e osso e tocado uma pensando nela, e gozado. E isso faria com que essa parcela de homens tivesse uma probabilidade um pouco maior de ver mulheres como indivíduos. Se sua teoria estava certa, Lucinda não sabia, mas a idade dos que conhecia com esse perfil casava certinho.

As lembranças que Lucinda tem dessa época eram de que mulher "com personalidade" tinha passado a valer alguma coisa. Ninguém queria ser tachada de "fútil". Beleza ainda era quase tudo, mas ser só bonita não era mais suficiente. Você precisava saber alguma coisa da pessoa por trás daquela bela imagem para admirá-la — nem que fosse uma bobagem mal construída. Pequenas variações da mulher virtuosa-e-guerreira para fins de consumo eram encontradas nos videogames, na música, em todo lugar, pedindo para ser imitadas. Mas na vida real era feio ser complexa, desmascarar o machismo, batalhar por espaço. Era ameaçador. Por isso Viviana escondia tanto suas preferências culturais — mesmo depois que nerds passaram a ser aceitáveis, nos anos 2000.

Ocorre a Lucinda que, mesmo nos pretendentes da faixa intermediária, até hoje ainda restava remover a mancha da Garota Especial. O ideal da moça abnegada com uma vida secreta de passatempos platônicos, que os esconde por uma espécie de pudor, que sabe não precisar de maquiagem ou de roupas curtas para realçar seu corpo padrão e que vai se encantar justamente por *você*, homem médio. E assim se tornar o *seu* tesouro secreto, sem você ter tido qualquer tipo de trabalho. Essa nerd virgem biônica também estava em uma porção de filmes. Era preciso destruir esse falso ídolo a marretadas, ou isso nunca teria fim. Talvez fosse isso o que sua irmã estivesse tão empenhada em fazer.

O avião começa a taxiar e Lucinda se mexe na cadeira, procurando algo na bolsa a seus pés com certa urgência. Tinha transferido o diário/livro de Vivi para o leitor digital. Assim passava logo o inferno da decolagem.

Como definir a personagem que melhor me serve nesta vida: a party girl?

É como aquela música da Sia, a que começa "Party girls don't get hurt"... Mas não a parte deprê. A parte positiva. Ser aquela pessoa que é a alegria da festa, que move a festa, que é a festa. Até a trilha sonora da festa ela é.

Em algum ponto entre Holly Golightly e Nomi Malone, lá está ela. Ela é viajada, ela é descolada, ela nunca está na bad. *Adora se divertir. A* party girl *se entretém bebendo, dançando, trepando. E depois que faz uma ou mais dessas coisas ainda vai abrir a boca e cantar, a capella mesmo, ou passar a mão no instrumento mais próximo (se houver) e improvisar. Quase uma gueixa com seu shamisen.*

Ao contrário das acompanhantes normais, a party girl *chega na festa carregando quase nada. Sem peso nem responsabilidades. Ela é solta. Não segura em nada. Para isso precisa de uma parceira* confiável, esta, sim, trazendo a bolsa maior, onde há camisinhas e outros apetrechos.

Você faz tão bem seu trabalho — o de alma da festa — que todos sentem que não têm direito a privar a festa de você. Você é quem mantém o ambiente desinibido e festivo, você é quem dá liga àquela sensação de que tudo é permitido, embora não seja. Tirar você do palco seria estragar tudo. Daí você não precisa dizer não duas vezes ("não", não; "daqui a pouco", como uma mãe que adia um quitute).

Na festa de apartamento, há um instante muito preciso em que a festa fica em ponto de bala, quando já chegaram convidados suficientes. É aí que a party girl deve tomar a iniciativa: passar de animadora de evento a animadora de suruba, fingindo-se de mais louca do que de fato está. Chamando a amiga para subir na mesinha de centro (se for de madeira) e dançando com ela. Se equilibrar nos saltos só de calcinha enquanto verifica se a amiga continua na outra ponta da mesa (senão vira). Um cálculo muito dissimulado.

Nem todo mundo tem tato para se portar nesses eventos. Às vezes, há gente enciumada, há gente desanimada. A party girl pode precisar camuflar a participação dessas pessoas para que elas pareçam mais entusiasmadas. Ou criar uma distração para que ninguém perceba que elas foram para a varanda fumar enquanto contemplam o mar com olhos perdidos.

Em geral há mar. Quando penso em festas do tipo, me vejo em Fortaleza, no Recife ou com gringos no Rio. Ou em Brasília, onde o mar é de planícies e nuvens secas. Muito mais frequentes são os planos abortados e os encontros a três improvisados no calor da viagem de trabalho, por sugestão do porteiro do hotel. E muito mais frequente ainda o programa um a um, só o cliente e eu, depois de alguma sedução de praxe em algum lugar civilizado ou não muito. Num quarto de hotel, com uma desconhecida, fica mais fácil provar a si mesmo que se é melhor que todo mundo. Mas gosto de falar dessas festas, em que meu trabalho não envolve só sexo, *mas manipulação social, coordenação de comportamentos; apreensão de padrões. E, claro, o salto daí pra quase uma cafetina, ou pelo menos agente de mim mesma, é um tanto curto.*

Para Lucinda, o livro parece um tanto cru: fragmentos sem muita ponte um com o outro. Ainda assim, está gostando do que lê.

Já sou velha para cair nessa e no entanto minha aparência continua um convite para tentarem me engabelar, o que só gera desgaste para os envolvidos. Você vai achar que vale a pena tentar; eu devia reagir mal à sua tentativa, mas não vou. Você acha que tudo bem me apertar o pescoço "só um pouquinho", apesar do combinado. Você vai me dizer que prefere pagar depois do programa e não antes; vai tentar escapulir pra outro buraco durante a transa; vai me dizer que é fiel à esposa e será que dá pra fazer o programa sem camisinha? Um non sequitur tamanho família e eu só olhando para a cara do otário. Por fim digo, doce: Ai, gato, não dá. Não posso... sinto muito.

Lucinda pensa na foto de pinto que encontrou em seu celular. Parece já algo distante, dada a velocidade dos acontecimentos de hoje. Sua mente parece que esteve num terremoto e depois num incêndio, e o perto foi parar muito longe, destroçado e carbonizado. Lucinda nunca foi prostituta e, no entanto, como mulher, se identifica com aquele trecho escrito pela irmã ao se lembrar do colega de *muay thai* e de sua tentativa deturpada de sedução. Do jeito que ele fez, foi quase como se quisesse dificultar a resposta dela, até mesmo como se a resposta não importasse; o importante era ele mostrar a si mesmo que tentou, ainda que aquilo nem sequer valesse como uma tentativa de verdade; era apenas Bruno se dizendo o quanto era macho, o quanto ia lá e *tentava mesmo*, se aproveitava de cada brecha para seduzir uma mulher — ou melhor, manipular e enrolar uma mulher que, no fundo, nem merecia tocar nos músculos dele. Se ela denunciasse Bruno para a direção da academia, pensa Lucinda, depois — no mínimo — ele ia tirar satisfação com ela, talvez até retaliar. Ele sabia onde ela morava e tinha orgulho de não levar desaforo pra casa. O filtro através do qual ele enxergava a vida não o deixaria ver que ele é quem tinha atacado primeiro. Na cabeça dele, Lucinda o ofendera antes ao decidir não lhe dar mole apesar de ser gorda e, depois, por não se mostrar agradecida pelo mole que ele generosamente lhe dera. Impossível dialogar. Impossível educar esse tipo de homem, ela não tem a menor paciência. E não teria mesmo que sua irmã não estivesse desaparecida e quem sabe morta. Aliás, se não estivesse, onde Vivi poderia estar? O que poderiam ter feito com ela?

Lucinda se dá conta de que a vida inteira tinha tomado cuidado para que nenhum homem se sentisse injustiçado por ela, pois as consequências seriam terríveis. A vida toda pisando em ovos. O perigo de ser mulher era palpável, fosse você quem fosse, levasse a vida que levasse. Lágrimas de raiva correm por seu rosto virado para a janela do avião. Viviana não estava em perigo por ser prostituta. O ex-namorado dela era suspeito, o ex-chefe do *trabalho honesto* dela era suspeito, o pai delas também, em suma, qualquer homem que tivesse tido contato com Viviana e quem sabe tivesse se sentido injustiçado poderia pensar em retaliação. Mesmo que a suposta injustiça não fizesse sentido. Como no caso de Bruno e da foto do pau dele. Hoje eu corri perigo, conclui Lucinda. Se eu não tivesse andado na linha, podia ter sido eu.

Ela vivia isso todos os dias e não percebia — não percebia mais. A mente é uma mestra ilusionista, te fazendo olhar atenta para a assistente bonita enquanto o mágico escapa de ser serrado ao meio numa caixa. Lucinda não resiste mais, está sem forças, se entrega à lembrança de um filme bobo de que ela e Vivi gostavam, *Xanadu*, o musical anos 80 em que Olivia Newton-John fazia o papel de uma musa grega patinadora-disco que se apaixonava e incentivava a carreira de um artista gráfico fracassado, rapaz saudável que usava cabelo comprido e, às vezes, um shortinho curto (foco no shortinho curto). Após surgir misteriosamente na reprodução de uma capa de LP, Olivia patinava e desaparecia em um rastro de luz neon, deixando todos desesperados ao som da Electric Light Orchestra. As irmãs musas de Olivia a procuravam por toda parte com seus vestidos drapeados. O artista gráfico de mullets também a procurava, inclusive em seus sonhos, animados por Don Bluth, que tinha largado a Disney e dado vida a alguns dos maiores sucessos infantis do videocassete brasileiro, *Em busca do vale encantado* e *Todos os cães merecem o céu*, além de *Titan A.E.*, que Vivi e Lucinda tinham visto no cinema e sido as únicas a gostar. E no fim o artista de *Xanadu* ficava com a garota, ficava com ela. Mesmo que elas não gostassem de filmes de princesa, todas as mensagens eram sempre do cara ficando com a garota, com a musa, seu justo prêmio por ser esforçado.

Lucinda sabia que Xanadu era a cidade asiática onde Kublai Khan, fundador do império mongol, tinha um jardim de delícias. Xanadu havia sido citada num poema de Coleridge inspirado pelo ópio. Também era o nome daquele projeto de hipertexto que devia ter prenunciado a internet, mas nunca ficou pronto. Quimeras apenas. A palavra "Xanadu" a fascinava, além do mais, porque em inglês o X inicial era pronunciado com som de Z ou de S, e em português só podia ser *Shanadu*. Xuxa, Xanax, Xerox: tudo que em inglês se dizia diferente. E *xennial*, a pessoa entre a geração X e os millennials, tal qual Lucinda, ainda capaz de armazenar fatos inúteis na memória para momentos de tédio e/ou desespero. Um cérebro seco por entretenimento, mas que sabia se entreter com o próprio tesouro acumulado, tecendo devaneios, digressões e até novidades. Não que alguém precisasse disso hoje em dia, com a torrente de informações e entretenimento constante e entregue em casa, ou onde você estivesse. Era preciso andar de avião sobre o mar ou cair numa ilha deserta para ter chance de usar esse talento (talento?). Às vezes Lucinda pensava que *Lost* era sobre isto: sobre estar finalmente sozinho com seus pensamentos inúteis, sem censura.

Mas seriam eles tão inúteis assim? Será que isso não é só outro jeito de pensar? Será que minha irmã pode estar em outro lugar por aí, também pensando em Xanadu? *Morando* em Xanadu? Como eu chegaria a ela? Entrando numa parede? Ela sacode a cabeça. A época não é boa para sonhadores, com ou sem patins.

Lucinda, mais calma, aceita o pacote de biscoito de castanhas brasileiras oferecido pelo comissário de bordo. Seus pensamentos vagam até ir parar em Graziane, que naquele momento devia estar conversando com Léo Faulhaber. Lucinda tinha a sensação de que daquele mato não sairia coelho; Graziane parecia desesperada e sem rumo. De repente se pergunta: por que Graziane não aparecia no livro de Vivi? Até agora Viviana não a mencionara. Se ela e a irmã eram namoradas, tinha que haver algo sobre ela no livro, não? Pois não havia. Com uma busca simples, Lucinda havia confirmado que não havia ninguém com o nome de Graziane nem de Andreza. Talvez com outro nome? Mas se todos os nomes que Vivi citava eram os verdadeiros...

Resolveu procurar no arquivo refugo.docx. Lá estava.

Então eu estava num bar de hotel em Dubai com um japonês, quando ouvi alguém falando em português. Português do Brasil. Era um sujeito com cara de empresário que me era vagamente familiar. Só de bater o olho percebi que a menina que estava com ele, muda e calada, também era brasileira. Era alguma coisa de nutrição, malhação, o corpo de cavalona galega, panturrilhas fortes. Ela logo se sentiu observada e olhou para o meu lado também; pedi licença ao meu par, ela ao dela, e fomos ao banheiro ao mesmo tempo. "Você é de onde?", ela perguntou. "Do Rio." "Eu sou paranaense", e tal. Estava passando um jogo de futebol, era a Copa de 2014, Brasil em campo, ninguém notou a nossa demora. A gente conversou, viu que tinha um perfil parecido, trocou contato. Voltamos cada uma pra sua mesa, o meu japonês loucão, exibindo a mim e ao dinheiro, oferecendo rodadas a esmo. Nos Emirados é proibido álcool, o Islã não deixa. Então álcool é caríssimo e só é encontrado nesses bares de hotel, em teoria só pra estrangeiros. O resultado é que tem hotel que é praticamente puteiro; os emiradenses vão lá e ficam doidos, tem mulher descoberta, tem sexo pago, tem álcool com que eles não estão habituados... aí já viu, né? E o bar era um sports bar, passava jogo o tempo inteiro. É tudo muito masculino em Dubai. Fui num shopping que tinha simulador de avião, esqueleto de dinossauro. Lá fica o maior arranha-céu do mundo, o primeiro hotel sete estrelas do mundo. Tudo muito 1001 noites, só que com tecnologia. Por isso tudo que é homem adora ir a Dubai. Se sentem com uma pica de um quilômetro. Aí querem putas. Lá tem de todo tipo: as negras, árabes e africanas, e as russas, branquinhas, mas a máfia russa é que controla, então quem já foi pra lá e é esperto, com medo de chantagem, extorsão, problemas, acaba já levando uma garota de fora. Aí fui com o japonês, né? E conheci a Grazi.

A gente se deu muito bem. Fechamos uma parceria — uma troca. Cada uma passou a atender um pouco a clientela da outra. Eu voltei pro Brasil e comecei a atender mais clientes nacionais, contatos que a Grazi me apresentava; ela aproveitou meus contatos gringos também, sem falar que ajudei muito ela com o inglês. Se é que obrigar alguém a assistir séries com legendas em inglês conta como ajuda...

Lucinda se dá conta de que a explicação era bem simples, na verdade: a irmã tinha removido os trechos mais pessoais do livro e colocado naquele refugo.docx. Queria proteger Lucinda e Graziane. Queria proteger quem amava.

Se aquilo era em parte ficção, como cada vez mais lhe parecia, essa era a verdade que a irmã desejava que ficasse para a história, se ficasse alguma. E, mesmo com o jeito distante e casual de Vivi transplantado para as páginas, Lucinda achava que a paixão das duas transparecia ali. Queria tentar, pelo menos tentar, confiar em Graziane.

Lucinda sente um tremor e olha para fora. O avião estende o trem de pouso, se aproximando do solo.

7.

Lucinda

1979. A filha do dono do cartório está na crista da onda jurídica. Bem orientada, incorpora aquela então novidade chamada Pacto Antenupcial de Separação Total de Bens aos papéis que o noivo, de terno, suado, assina logo depois da cerimônia, sem ler. Catorze anos depois, ela o estende a seu futuro ex-marido, que não quis acreditar na existência daquele papel até vê-lo de fato, com assinatura autenticada no cartório do sogro e tudo mais, dentro de uma grossa película de plástico e em frente a dois outros advogados. Do lado de cá da mesa de vidro, seu amigo que topara orientá-lo por uma quantia amiga coça a cabeça: não há muito que se possa fazer, Mauro.

Em 1993, ainda não havia celulares com câmera nem vigilância ostensiva por circuitos fechados de TV, portanto o incidente em que Mauro teria quebrado o tampo da mesa de vidro com um soco não foi registrado nem circulou por mídias mais duráveis do que a mente humana. Cássia pagou ela mesma um novo tampo de mesa e instruiu seus advogados a respeitarem o orgulho ferido de seu futuro ex-marido. Mesmo quando ele sumiu por três anos e mesmo quando ressurgiu em Mogi das Cruzes, morando com os pais, ela não tomou a atitude esperada de uma advogada filha de tabelião, que seria exigir em juízo a pensão das filhas do casal ou a prisão do inadimplente. Exigiu apenas que ele assinasse o divórcio, o que àquela altura ele fez de bom grado.

Mauro hoje mora em Guarulhos, tem uma nova e jovem esposa, uma filha pequena que engatinha de lá para cá e uma enteada adolescente que ainda não voltou da escola. A mulher dele também ainda não voltou do trabalho. Com a nenê nos braços ele mexe na TV e fala com Lucinda. E era impressionante como falava — e Lucinda respondia —, evitando com desembaraço o labirinto de espinhos que crescera ao redor de sua relação. Falava de trabalho, do clima, das diferenças entre Rio e São Paulo. Até de política. Até política era preferível a assuntos de família.

Enquanto ele fala, Lucinda aproveita para observar o quanto ele envelheceu. O mesmo porte alto e parrudo de Lucinda, com o adendo de uma barriga de chope que ela poderia ter se não lutasse *muay thai*. O tom da pele dele desbotara um pouco com a idade. O belo cabelo anelado, que Lucinda herdara em parte, já estava quase extinto, o pouco que sobrara raspado rente. Observa que ele esconde a calvície usando um boné preto com a inscrição FBI, o que dá certo desgosto a Lucinda, como se o pai estivesse, aos sessenta anos, brincando de super-herói. Aquilo, imagina Lucinda, deve parecer a ele um jeito de driblar a velhice; do ponto de vista dela, é um apelo a signos militaristas de filmes dos anos 80 e seriados de tiozão que acabava ressaltando a idade. Mas, ela contra-argumenta em sua cabeça, ele ainda dá no couro, ainda consegue fazer bebês — era o que a nova filha dele, meia-irmã de Lucinda e agora de volta ao tapete, parecia servir para provar.

Um tilintar de chaves faz com que os três rostos se voltem para a porta. Uma adolescente magra e pálida, de cabelo liso, mochila roxa, entra, bate a porta e ergue o rosto do celular o suficiente para dizer:

— Oi.

— Oi, Mirella. Essa aqui é a minha filha mais velha, a Lucy. Lucinda.

— Oi — diz Mirella, e dá um sorriso que morre em tempo recorde.

— Oi — responde Lucinda. — Foi a minha irmã que te deu esse celular?

Mirella arregala os olhos numa breve surpresa:

— Foi... é.

— Reconheci pela capa.

Lucinda pensa em perguntar se ela sabia de quem era a imagem naquela capa, depois desiste, porque é claro que a enteada de seu pai não conhecia aquela joia dos anos 90 que ela e a irmã tinham visto juntas, às escondidas, em algum canal a cabo, rolando de rir, mas também com admiração. Nomi Malone desenhada como personagem de anime e impressa numa capinha personalizada cheia de glitter rosa. Viviana tinha suas ideias sobre exclusividade e havia encomendado a um artista brasileiro que costumava desenhar pornografia *furry* aquela ilustração que mostrava Nomi dançando seminua, empanada pelo glitter, as mãos cruzadas pouco abaixo do rosto, sobre os seios, feito uma Sailor Moon em transformação. "Vivi, você é maluca", dissera Lucy, como vivia dizendo. Desde o fim da adolescência, quando começou a ter o próprio dinheiro, Viviana adorava inventar moda. Eram clipes de escritório usados como brinco, polainas gordinhas usadas com jardineira e tamancos (um look polêmico para um almoço de família), a coleção de vinis que ela começara antes de todo mundo, a escolha do nome Josefel para o gato preto… Lucinda chegou a interpretar isso como uma tentativa desesperada de chamar a atenção ou a autoexpressão caótica de alguém que havia sido, afinal, diagnosticada como autista. Mas agora Lucinda pensava se não teria sido uma distração, um "olhem para lá e não me tomem por uma dessas, sou apenas uma garota esquisitinha". *Hiding in plain sight* com sua Nomi Malone-Sailor Moon purpurinada.

— Faz tempo que ela te deu esse celular?

— Uns seis meses.

— Ela vem aqui sempre, então — diz Lucinda, se virando para o pai.

— Claro — responde Mauro, indiferente, olhando para a televisão, onde passa a reprise de uma novela.

Lucinda olha para a porta, mas Mirella não está mais lá, deve ter entrado para o quarto.

Lucinda já tinha estado em Guarulhos. Mas nem ela contatara o pai nem seu pai jamais a convidara para uma visita — mas a Viviana, sim. Percebe que, depois de tanto tempo, não o conhece mais, não sabe que tipo de homem ele é, se continua mulherengo para se garantir, se continua explosivo. Faz sentido que seja mais próximo de Viviana, que era pequena demais para entender as escrotices dele com Cássia quando eram casados, as sumidas, as noites que Mauro passava fora, as portas batidas quando questionado. "Fiquei preso no trabalho", dizia ele. Mauro era químico e trabalhava em uma fábrica de refrigerantes. "Preciso ir fazer um curso na sucursal de São Paulo", anunciava na quinta-feira, e ficava fora até domingo, voltando para casa com flores para Cássia e adesivos para as meninas. A gota d'água tinham sido as marcas deixadas no braço de Cássia depois das muitas sacudidas que ele lhe dera por ela tê-lo "enlouquecido com um interrogatório policial". O corpo de delito substanciando a separação de corpos. Com cinco anos, Viviana não tinha vivenciado a gravidade disso, só ouvira a versão suavizada da história para uma criança que havia se escondido no quarto. Talvez por isso estivesse disposta a ajudar o pai agora — possivelmente o achava vítima de uma injustiça. Ou quem sabe ela mesma tivesse se tornado vítima de alguma espécie de violência dele. Mas para desentocá-lo Lucinda tem que se fazer de tola, de compassiva, perguntar.

— Eu andei fazendo a contabilidade pra minha irmã e vi que, volta e meia, ela transfere um dinheiro pra sua conta. Você está com algum problema financeiro?

Mauro afasta o corpo antes de responder:

— O que é que tem? Eu não gosto de precisar de dinheiro, não, Lucinda. Viviana que quis me ajudar. Eu pedi ajuda pra ela só uma vez. Depois disso a gente se reaproximou.

Lucinda é enfática:

— Dois mil por mês?

— É isso que você veio fazer aqui? Jogar coisa na minha cara? — Ele faz uma pausa, sempre olhando para a TV. — Olha, depois que a Clarinha nasceu, ela tem vindo aqui, sim. Achei que você tinha vindo hoje me visitar também; agora veio jogar não sei o quê na minha cara...

— Você sabe de onde vem o dinheiro da Vivi? — perguntou Lucinda.

Mauro faz uma careta de insatisfação e não diz nada.

— Então você faz uma ideia... — afirma Lucinda. — E nunca tentou interferir?

— Quem sou eu pra me meter na vida dela?

— O pai dela!

Mauro cerra os lábios e continua olhando para a TV, ofendido, se contendo para não explodir. Lucinda não fala mais nada. Também olha para a TV, esperando a maré da raiva baixar. Reconhece a novela das seis que tinha visto quando criança, com uma versão de *Sympathy for the Devil* cantada pela roqueira vampira. Pelo que lembra, costumava haver mais nudez e conteúdo impróprio no programa; aquelas versões novas vinham todas resumidas, retalhadas, sem as partes suculentas.

Sua tese era de que o pai tinha chantageado Viviana ao saber de sua profissão secreta. Não esperava nada melhor de alguém que agrediu a mulher, sumiu para não pagar pensão e que, quando reapareceu, continuou não pagando. Na verdade, Mauro fingia ignorar a profissão de Viviana, deixava-a brincar com a bebê e posar de tia legal para Mirella e, em troca, ela depositava uma espécie de pensão para ele. Claro que ele não mataria sua galinha de ovos de ouro. Para Lucinda, mesmo assim poderia ter havido entre eles uma briga que tivesse desembocado em morte. Mas dificilmente esse hipotético homicídio teria acontecido na casa do pai, na frente da criança, com Mirella prestes a chegar da escola pública, celular em punho. Ainda assim Lucinda desconfiava dele, demorando a se convencer da inocência de Mauro.

— Quero te contar uma coisa — diz Mauro sem tirar os olhos da TV. — Lembra daquela viagem que tua irmã fez há um tempão pra Mogi? Quando ela foi ficar comigo nas férias? Ela devia ter uns quinze, dezesseis anos.

— Lembro.

— Se a Viviana tinha dezesseis, você tinha o quê? Vinte? É isso, você estava na faculdade.

— Lembro, foi em 2003.

Mauro fala com voz grave e sussurrada.

— Ela foi a Mogi fazer um aborto.

Lucinda abre a boca e fecha a cara. Mauro olha para Lucinda, observa sua reação e continua.

— Ela me ligou num fim de semana explicando que a Cássia fazia vista grossa pra tudo, desde que ela continuasse indo bem na escola e evitasse gravidez e doença. E ela estava indo mal na escola naquele ano, parece que faltou demais, e tinha descoberto que estava grávida. Disse que a camisinha estourou. Ela disse que, se pedisse dinheiro à mãe pra fazer um aborto, a Cássia ia trancar ela e jogar a chave fora. E era bem possível, né?, a gente conhece a Cássia. Vivi me contou que estava sem grana, que a mãe guardava tudo que ela ganhava. Aí ela bolou esse plano de vir pra Mogi nas férias de julho, em teoria pra me ver. Na prática era pra... tirar a criança. E eu paguei. A viagem e o procedimento. Hoje em dia eu tenho uma filha pequena e a Vivi me ajuda. Ajuda a irmã. E eu sou grato.

Lucinda desvia os olhos do pai, para processar a informação. A ida da irmã a Mogi fora vivida por ela de forma completamente diferente. Tinha vinte anos na época, estava no terceiro período da faculdade. A faculdade havia enveredado por uma longa greve, coincidindo com o racha em sua banda universitária devido ao fim do seu namoro com o vocalista-guitarrista — que, ela descobrira, a traía sem o menor escrúpulo. Então, enquanto sua irmã aproveitava as "férias" com o pai, ela tinha ficado em casa chorando, ouvindo Radiohead no repeat ("Kid A" e "Amnesiac" já tinham saído e as torres caído), se sentindo enjeitada por todos os lados. Mesmo agora que sabia do real motivo da viagem da irmã, o sentimento de rejeição perdurava.

— Nunca te passou pela cabeça me chamar depois pra uma viagem parecida, pra eu não me sentir uma merda? — pergunta Lucinda.

— Eu até pensei, mas você nem no meu aniversário me ligava...

— Nem você no meu.

— Ligava, sim! — exclama Mauro, dando um tapa na coxa e fazendo a bebê olhar para ele de seu tapete emborrachado. Mauro se detém por um instante, para conter o destempero, depois continua, mais suave: — Você mandava dizer que não estava, pensa que eu não sei? Não queria saber de mim.

Lucinda tenta engolir a raiva. É verdade, tinha sido bem dura com o pai na adolescência. Ele de fato insistira. A culpa, para variar, era dela. Mas ela aguentava. Tinha sido feita para isso mesmo... pra levar porrada da vida, lidar com a merda que os outros fizeram. E o pai ali, ofendido.

— Quer dizer que você veio aqui me acusar. Me esculachar.

Lucinda vê uma sombra se mexer no chão, a luz do corredor denunciando Mirella à espreita, escutando a conversa. Decide cortar no talo a sessão de autopiedade — a sua e a dele — e, olhando nos olhos do pai, diz:

— Eu não queria isso, não, pai. Só... saiu. Outra hora a gente discute a relação. Eu vim porque a Viviana sumiu.

— Sumiu? — Por fim ele se mostra interessado. Ou é ótimo ator.

— Desapareceu. Ela avisou que ia viajar, me pediu pra cuidar das plantas e do gato dela. Tem mais ou menos um dia que ela não visualiza nada do celular nem atende o telefone. Eu só descobri que ela esteve aqui porque vi a localização dela no computador.

— Você não sabe onde ela está?

— Não sei, esse é o problema. O último sinal que rastreei do celular dela é aqui perto... logo depois que ela veio te ver ontem.

— Será que ela não pode estar ocupada de um jeito que não possa se comunicar?

— Um dia inteiro sem dar notícia, sem nem ligar o celular? Acho difícil que seja por causa de trabalho. Além disso, ela faltou a um compromisso com uma amiga e nem avisou. Se a Vivi tivesse ido pra algum lugar sem antena, ela pelo menos me avisaria. Não acho que ela tenha esquecido.

— E você ficou com essa ladainha toda em vez de me dizer logo que a minha filha sumiu? — Agora ele enchia a boca para falar *minha filha, minha filha*. — Você já falou com a polícia?

— Já. No Rio.

— E eles não fizeram nada?

— Nada. Eu é que liguei pra hospital e IML. Ninguém sabe dela. Estou com medo de que seja sequestro-relâmpago.

— Ela veio pra cá de carro, dirigindo. Será que levaram o carro?

— Você sabe se era alugado?

— Acho que era. Um carro cinza, básico.

— Sabe qual a locadora?

— Nem ideia.

— Ah, meu Deus. — Lucinda começa a chorar, mas logo enxuga o rosto com dois movimentos da mão.

Mauro olha em silêncio para Lucinda, a bebê de volta a seu colo.

— Vou dar uma olhada no lugar onde o sinal dela sumiu na estrada. Quer vir comigo? — pergunta Lucinda.

— Para a estrada?

— Sim, talvez haja alguma marca, alguma pista. O carro dela abandonado...

— Lucinda, eu até iria, mas... preciso olhar a Clarinha.

— Leve ela.

— Pro meio da estrada? — Mauro olha para Lucinda. — Estou tentando ser responsável.

— Claro.

— Eu deixaria ela com a Mirella, mas ela diz que não gosta de criança.

— Claro. — Lucinda já se levantou.

— Espera, deixa eu falar com a Mirella — diz ele. — Eu vou.

8.

Lucinda

Mas não foi. Ao vê-lo indo de má vontade, Lucinda o dispensou. Mauro, então, correu atrás dela, dispondo-se a pelo menos lhe ensinar o melhor jeito de sair da cidade. Lucinda disse que preferia seguir o GPS, e ele insistiu, chamando-a de teimosa. Ali era a região dele, ele conhecia tudo por ali, como é que ela não queria? O que ela achava impressionante era como só ele podia bater o pé por bobagem; ela não, mesmo num momento daquele e mesmo diante do vou-não-vou paterno. Enquanto Mauro insistia, a bebê chorava em seu colo.

Lucinda simplesmente lançou um olhar soturno na direção dele, com todo o peso do que já havia passado naquele dia. Ele ficou calado. Então, para salvar o orgulho dele, ela disse com voz moderada que preferia o GPS só para não passar do ponto onde o sinal de Viviana sumira, que era logo na saída da cidade, que de fato não era seguro Clarinha ir, que ele precisava mesmo ficar com a menina, ela entendia. Ele assentiu.

Eles agora eram dois adultos, ela pensa. Dois chatos do caralho, com pavio curto e alguns genes em comum, mas que pelo menos tinham amadurecido um pouco. Muito pouco.

Agora, parada num sinal impossível de furar, olhando para um anúncio em uma banca de jornais, ela lembra como tudo começou. O momento em que tudo começou a dar errado. O dia em que foi tentar uma vaga de apresentadora *teen* acompanhada de Viviana, e a irmã, sem querer, roubou a cena, mesmo tendo só doze anos. O ponto inicial de uma carreira sustentada pela imagem, pela afetação social, pela embalagem de si mesma. Aquilo não podia ser bom para a cabeça. Cássia não podia ter deixado. Mas deixou.

O relógio acusa que já passam das seis da tarde. Lucinda entra na rodovia Fernão Dias e se mantém na faixa da direita, trafegando o mais devagar que pode e olhando para o GPS do celular, preso a uma garra no painel. De repente, um balão de bate-papo desponta na tela com um barulho feliz, que em seguida se repete mais duas vezes. Ela não reconhece o rosto na foto redonda do aplicativo de mensagens. Estende o dedo, clica no balão e lê a mensagem por alto. Ato contínuo, dá sinal para parar no acostamento. O problema não era mexer no celular enquanto dirigia, mas o medo de passar do ponto onde Vivi sumira.

Mirella adicionara Lucy no Facebook e lhe escrevia contando que não tinha dado tempo de mostrar, mas que, quando ganhou o celular de Viviana, tinha encontrado umas fotos dela na memória do telefone. Será que Lucinda queria ver? Será que ajudava? "Sim", responde Lucinda, "por favor, me manda, sim." Ao oferecer as fotos, Mirella assumia ter ouvido escondido a conversa entre seu pai e Lucinda (disso, Lucinda já sabia), ter visto fotos talvez comprometedoras de Vivi, tê-las tirado da memória do celular e guardado para si, quando poderia ter simplesmente formatado o aparelho ao ganhá-lo de presente. Agora as enviava para Lucinda com o fim de ajudar mesmo sob risco de parecer que admirava Viviana, um crime capital para uma adolescente. Com certeza Viviana tinha inspirado sua meia-irmã a um *girl crush*, com seu glamour de modelo cosmopolita, com seus *porque quando eu morava na Ásia...* Mal sabia ela, coitada. Ou talvez soubesse muito bem.

"Tem estas", escreve Mirella, e em seguida manda uma porção de fotos avulsas, dessas que sobram em pastas recônditas depois que você pensa ter limpado o celular para passá-lo adiante. A maioria é bem antiga. A primeira do lote é uma foto de corpo inteiro de Viviana, acompanhada de Graziane e de uma garota asiática, as três com vestidos tubinho defronte a um espelho, maquiadas e temíveis, olhares ferozes, lindas de morrer. O ambiente sugeria ser algum lugar no exterior, um bar-restaurante, parece que de hotel. A seguir, fotos de pores do sol, de restaurantes e de garrafas de vinho que sua irmã devia ter achado especialmente agradáveis em suas andanças. Por fim, mais fotos de Grazi e Vivi juntas, a sós e com menos maquiagem. Eram selfies aparentemente tiradas em seu tempo livre, muitas banhadas daquela luz mística de fim de tarde. Numa delas, Vivi está de olhos entrefechados, rosto colado ao de Grazi. É a primeira vez que Lucinda vê Graziane tão de perto, tão destituída de artifícios, e é um rosto belo, alvo, eslavo, altivo, com um quê de Clarice Lispector. Maçãs do rosto proeminentes, cabelo louro cheio, enrolado na ponta. Os olhos claros em forma de amêndoa rimavam com os de Viviana. Grazi está sozinha em uma foto, de short, abraçando uma das pernas num banco de praça ensolarado. A foto tinha sido obviamente tirada por Viviana, tirada com amor.

"Obrigada, Mirella", digita Lucinda. "Ajudou, sim." E volta para a estrada.

Lucinda se sente um pouco mal por ter sido seca com Mirella, por tê-la dispensado assim tão rápido. Pensando também do ponto de vista utilitário, poderia ter perguntado a ela se Vivi tinha saído sozinha em seu carro ontem, se chegara a se encontrar com ela em casa, essas coisas. Mas poderia ser perguntado depois, se ainda julgasse importante. Lucinda acha que está ficando boa naquilo, em investigar, que está refinando seus métodos. Agora consegue juntar filamentos de pistas em possibilidades coerentes. Por exemplo: não podia ter sido um assalto puro e simples, pois as contas bancárias da irmã não registravam nenhum saque depois do desaparecimento dela. Lucinda tem a sensação de que vai chegar a algum lugar.

O último sinal de vida de Viviana, uma linha azul com ponta arredondada, ficava pouco depois de uma fábrica de louças para banheiro. A indicação do GPS não é precisa, de forma que Lucinda dá sinal, para no acostamento e, com o pisca-alerta ligado, sai do carro com o celular na mão. Na tela, amplia ao máximo o fim da linha de Viviana e o pontinho que indica sua própria posição no mapa. Talvez o local preciso do desaparecimento tenha sido um pouco depois ou bem em cima daquela linha, mas ela está mais ou menos no lugar certo para procurar. Não vê nenhum veículo abandonado por ali; se tivesse havido, ele poderia já ter sido rebocado e devolvido à locadora.

Seis e quarenta da tarde, confere ela. Mesmo sendo o alto verão, o sol está quase no horizonte, e aquela área vai começar a sombrear em breve. Lucinda começa a andar rápido, olhando para o chão. Observa o canteiro ao lado do acostamento: ele mal podia ser chamado de canteiro, contendo apenas vestígios de uma grama quase morta; o que mais se vê é uma terra barrenta escorrida de um aclive. Resquícios de poças d'água indicam que havia chovido no dia anterior. Se o carro de Vivi tivesse invadido a lateral da pista, poderia haver marcas de pneu impressas naquela terra argilosa, mas o meio-fio era alto demais para que um carro subisse ali. Também não era um lugar que as pessoas trilhassem com frequência: não ficava próximo a nenhuma entrada, passagem ou área residencial. Ela não vê nenhuma marca no acostamento ou no meio-fio, quando caminha em direção aos carros até o fim da passarela e da fábrica. Volta prestando o máximo de atenção à terra do canteiro, com seus pedregulhos esparsos e traços de grama. Pensa que deve estar parecendo louca, mas vai e volta três vezes pelo acostamento, absorvendo a diferença entre sombra e luz naquela terra vermelha, sem pisar nela, até que, por fim, ela *vê*.

Umas sombras meio diferentes no meio do barro quase seco. Lucinda sobe no meio-fio, estica o pescoço.

Há marcas de pés descalços pelo barro que levam a uma série de depressões — o peso de um corpo arrastado? Uma luta? Pensa ver parte de uma mão espalmada, dedos abertos de alguém que caiu no chão — ou foi derrubado. Há montinhos de terra, imagina ela, talvez formados por pés femininos espernean-do. Sua irmã sempre dirigia descalça; como não abdicava dos saltos, deixava o sapato ao lado, no piso do carona. Na terra, vê pisadas de um sapato grande, social, de homem, ao lado de dedos de pés delicados que haviam caminhado em ponta e fora de prumo. Arrastados? Viviana havia sido sequestrada. Por alguém esperto o suficiente para desligar o celular dela na mesma hora, evitando deixar rastros.

Lucinda torce o rosto para um lado, depois para o outro. Nenhuma câmera de segurança por perto. Nem na cerca da fábrica de louças. Começa a tirar fotos daqueles sinais antes que sumam. Depois faz um vídeo gravando o terreno ao longo do acostamento, a voz vacilante. Aproveita para testar o sinal de celular daquele ponto enviando o vídeo para Graziane. O vídeo vai. Pensa um pouco, depois manda o vídeo para o WhatsApp que o policial da delegacia de Botafogo lhe dera, explicando do que se tratava, dando o número do B.O. e enviando sua localização. Em seguida Lucinda se aproxima da terra revolvida e a observa, com medo de encontrar sangue. Mas não há sangue ali, pelo menos não que ela consiga ver. Talvez sua irmã ainda esteja viva, pensa.

Tentando não pensar no que pode estar acontecendo com Vivi caso ela esteja viva, Lucinda fotografa as marcas da mão espalmada na terra, os sinais do que acredita ter sido uma luta. Dando a volta, posiciona-se bem acima da pegada de sapato masculino mais nítida e bate várias fotos também. É uma sola lisa, de bico quadrado, sem mais nada de especial. Como não se tratava de um seriado policial, a polícia jamais iria descobrir o dono do sapato por meio da análise das fibras singulares daquela sola, que só poderiam ter vindo de uma fábrica específica de uma determinada cidade, nem dos resíduos de solo raro que porventura fossem encontrados. A polícia jamais embarcaria numa investigação dessas. Lucinda se equilibra num pé e dobra um joelho no ar, comparando o tamanho de seu pé com o da pegada masculina: era o mesmo tamanho 39. Deve ser um homem baixinho, pensa Lucinda. Talvez eu possa com ele.

Nisso seu telefone toca. É Graziane.

— Lucinda? — ela diz com voz trêmula. — Me ajuda. Acabei de receber uma mensagem da Vivi. Mas é pra você.

PARTE II

Viviana

Gosto de silêncio. O que tem aqui não é silêncio: ouço cada grilo, cada cigarra, cada pio de coruja. De manhã, passarinhos. Barulheira dos infernos.

É cruel. Eu não pedi para ser tão autoconsciente. Se você é menina, sempre tem que cumprimentar as visitas, se deixar tocar e apertar; sua timidez é arrancada de você a traulitadas emocionais, o que chamam de te fazer "dominar" a timidez ou, simplesmente, de "aprender a ser gente". Na verdade, isso não é bem timidez; é dificuldade e paixão em apreender o presente — dificuldade e paixão ao mesmo tempo —, porque o presente é complexo. Tem muita informação. E sua presença no mundo acrescenta mais informação, que você não consegue desconsiderar. Você sobe ao palco, mesmo vermelha, e atua sem travar até o fim. Você canta e dança como se estivesse sozinha, mesmo na frente de toda a escola. Você atua. A pressão social se torna um ruído de fundo; você aprende a selecionar os canais e a emudecer alguns para sobreviver. O canal está lá; você só aprendeu a ignorá-lo e a todos os seus efeitos. Você se torna imune ao bullying e faz o que bem quer, tentando extrair apenas os bons frutos de cada experiência, como num elixir depurado.

Mas é um trato com o diabo. Param de te chamar de coisas, mas continuam te considerando fria, distante e maluca. Além disso, autossuficiente demais. Têm medo de você. Como se você fosse uma psicopata. Isso chegaram a falar — pelas costas.

E você às vezes também foge de você, assustada, cansada. Como um coração frouxo, meu cérebro exaurido desse esforço social/antissocial joga a toalha de repente e aí me ausento de onde meu corpo está no momento. Parte de mim desmaia. O resto continua lá.

Por exemplo, eu me perco no meio de uma história interessante que eu vinha contando a alguém porque começo a me perguntar: será que contei o necessário pra passar pra próxima parte? Qual é mesmo a próxima parte relevante? Por que mesmo eu estava contando essa história? Por que achei importante contá-la? Será mesmo tão importante assim para o universo eu narrar isso nos mínimos detalhes a essa pessoa, neste preciso ponto do espaço-tempo? Então preciso fazer um esforço inumano para reencontrar o fio da meada, e até *motivação* para isso, e voltar a olhar para a pessoa (que a essa altura já está me olhando estranho) e concluir meu pensamento. Acontece sem aviso e eu vou longe, sem ter como parar. Em vez de ficar autoconsciente, por culpa do nervosismo de ser lembrada que tenho um corpo material e que estou ali, sólida, falando com outro corpo, fico autoinconsciente: me ausento da pessoa com quem falo e de mim. Voo para um lugar mais calmo, *eclesiástico*, que me diz que tudo é vaidade, um grande *e daí?*. Feito um furo num balde, fico olhando a água escoar por aquele funil, nem contente nem triste, sem nada fazer ou querer fazer, e a água é o meu ego, constato. Posso ver a reação da pessoa mudando a cada milionésimo de segundo, contrariada, entediada, disfarçando, pensando qual será o meu problema, se tenho alguma coisa contra ela, se tomei alguma bala, se estou passando mal ou se não bato bem da cabeça (com certeza esta última, conclui ela), enquanto me debato para estar ali de novo, para *voltar*.

O estranho é que, depois que experimento essa ausência, consigo rebobinar a fita, rever tudo o que aconteceu. Tenho trinta e um anos e até hoje sofro desses achaques. Sem aviso. Sem saber parar nem evitar. Eu me perco. Depois volto. Em geral as pessoas que passam por isso comigo já sabem que eu me comporto de forma estranha de vez em quando, e pensam que não faz mal, que mal tem, além do mais era uma história interessante, elas querem ouvir o desfecho. E isso me faz aprender sobre as pessoas normais, mas nunca melhorar de vez e me tornar uma delas.

Eu superanaliso. Me disseram isso na terapia. Disseram, além disso, que tenho "leves experiências de despersonalização" e "dissociação". Quando eu era pequena me chamavam de autista na escola. Um psicólogo da época confirmou o diagnóstico, disse que eu tinha Asperger. Outro disse que eu tinha déficit de atenção. Outro, distimia. Eu não sei o que tenho. Olho para essa coleção de diagnósticos e não quero me reconhecer em nenhum. É uma loja cheia de coisas de que não preciso.

O que todo mundo quer é não se sentir horrível. Supõe-se que, para isso, todos trabalhem o seu não *ser* horrível para assim cumprir o objetivo social. Mas quem sente pouco consegue ir levando no nível do não *sentir*: podem *ser* horríveis à vontade, porque não *sentem* que são. Os psicopatas e sociopatas, por exemplo.

Sei que consigo afetar bem baixa afetividade. Tão bem que eu mesma me convenço. Reconhecer isso é o que me permite não ter sentimentalismos comigo mesma, e agora é o que me permite manter o sangue-frio numa situação dessas, prisioneira numa casa isolada em algum lugar do interior. Não sei se é Minas, São Paulo, talvez até Rio, bem ao norte. Sei que o carro que me trouxe aqui pareceu subir, e não descer, no mapa; e que faz frio, um frio de latifúndio.

Sei que meu aparente desinteresse por tudo aí fora pode parecer pura frieza. Mas não é que eu me esforce para parecer fria e distante nem que tenha prazer nisso: a coisa é que com frequência é assim que eu sou. Seleciono a informação que entra para me proteger, mas preciso não ignorar o aspecto errado da realidade dentre tantos que existem. E para não ignorar o aspecto errado preciso me policiar, treinar, e isso é muito penoso. Preciso olhar para fora e prestar atenção contínua — a tarefa mais difícil deste mundo para quem já está sobrecarregada. É fácil ficar relapsa com ela. Assim, nem sempre consigo perceber quando estou sendo horrível ou não, até comigo mesma, e por isso já fui xingada de psicopata, e isso me incomodou, porque eu sinto, e sinto muito. Mas ninguém vê, porque não lembro de demonstrar e reconhecer, nem para mim mesma. Aprendi a abafar um pouco até para mim também, porque são sentimentos demais, e eles quase nunca saem daqui de dentro. Fico sufocada. Além do mais, se eu fosse psicopata jamais teria deixado as outras pessoas serem horríveis comigo, como ainda deixo, por não perceber (a tempo) suas nuances. Eu sei me esforçar para entender os sinais sociais e, de tanto me esforçar, chego a ser mais arguta do que os outros, que nunca tiveram que treinar. O problema é manter o treino em dia, um treino que nunca acabará.

Isso não é frieza. Mas o pior é que às vezes pode ser um bom substituto para ela.

E, num momento desses, a gente trabalha com o que tem.

Analiso.

Chamar Davi de psicopata seria engrandecê-lo. Davi é o Normal de Verdade, o homem médio capaz de coisas horríveis, que contemporiza externalizando sua culpa e confundindo a própria narrativa para não ter que se responsabilizar. O afeto está lá, é o que ele usa para confundir a própria cabeça. Já o capanga dele, eu não sei. Mas me parece perfeitamente capaz de matar.

A narrativa atual na cabeça de Davi é que é perigoso me soltar agora, porque posso ir à polícia denunciá-lo por maus-tratos, sequestro e cárcere privado. Tenho marcas visíveis no corpo que me dariam razão. E ele não sabe que tenho uma mãe advogada. Ele quer deixar as marcas sumirem, para eu não ter provas contra ele. O capanga discorda.

De vez em quando, Davi chega perto e faz um carinho no meu braço ou rosto, como se fosse um prêmio para mim. Outras vezes, pausa de repente sua leitura e fica me contemplando, avaliando meus traços naturais sem maquiagem — de colorido, apenas arranhões e hematomas. Ele parece se satisfazer, aprovar minha beleza; sim, sou um objeto digno de seu interesse. Parece aliviado pela distração de olhar um pouco para fora.

Me sinto um passarinho. Ele me dá bocados de comida em guardanapos, pães, frutas inteiras ou algo já preparado, para não ter que me dar faca ou vidro. Almocei um sanduíche de atum. Bebo água numa caneca de lata. Eu poderia atacá-lo, morder a mão que me alimenta, mas não adianta, já tentei. Se eu for fazer de novo, quero guardar o efeito surpresa para uma hora melhor.

Por enquanto, preciso fingir que minha raiva está passando, que estou me arrependendo de ter partido seu coração — várias vezes —, que ele é até legal, e estou me dando conta agora. Mas sem exageros, senão ele pode desconfiar.

Eu tinha que ter percebido na hora. O cara amassou meu porta-malas bem na saída da cidade, no momento em que entrei na estrada e fiquei atrás de uma múmia que dirigia devagar até mesmo para a pista direita. Eu ainda não tinha colocado o cinto, o tranco não me fez bater com força no volante nem ativou o air bag, mas me tonteou. Parei no acostamento, ele também; resmungando, ele saiu do seu Corolla e veio andando na minha direção pelo acostamento, camisa social branca e calça preta, careca em avanço. Lembro que pensei: "É o motorista de alguém. Será que tem seguro ou vai querer me enrolar?". Abri uma fresta da janela. "Você tá bem?", perguntou ele. "Estou", respondi de trás do vidro, assentindo. "Você tem seguro?", perguntei. Ele apontou para o ouvido, dando a entender que não estava me escutando por causa do ruído da estrada; eu abri o vidro mais um tanto e aí ele me mostrou uma arma. Fiz menção de ligar o carro e ele me apertou o pescoço com a mão livre, dizendo: "Abre a porta, piranha. Abre, vadia", brandindo a arma na minha cara, e eu abri. Ele teve que me arrastar para o carro dele com força, pelo braço, pelo cabelo, eu gritava, os carros passavam velozes, mas, se alguém viu alguma coisa, fingiu que não. A certa altura me desvencilhei dele, corri uns dois metros pela lama em direção à cerca de tela na lateral da estrada, mas fui derrubada. Ele me forçou a entrar no Corolla, me jogou no banco do carona, amarrou minhas mãos e, ironicamente, colocou o cinto de segurança em mim. Ofereci resistência, levei dois fortes tapas no rosto e, por fim, um soco no estômago, me aquietando por pura falta de ar. Eu estava toda arranhada, enlameada, o couro cabeludo doendo. Ele contemplou sua obra e deu uma risadinha:

— Fica tranquila, vou fazer nada com você, não. Você é uma encomenda especial. Tem que chegar inteira.

Então, como se me protegesse do frio, jogou o paletó por cima de mim, cobrindo as amarras. Deixou meu carro alugado onde estava, deu partida no Corolla e logo saímos do caminho que levaria à capital, nos despencando por uma série de estradas que eu nunca tinha visto. Ele não usou GPS — ou seja, conhecia muito bem o caminho. Sabia de que lugares desviar, os trechos mais iluminados ou movimentados onde seria obrigado a trafegar devagar. O filho da puta tinha pedágio expresso, estava de tanque cheio, o insulfilme do carro era escuro como a noite; logo perdi a esperança de chamar a atenção de alguém numa parada. Era evidente que ele tinha planejado aquilo e, pelo jeito, a mando de alguém. Mas quem? Achei que valia a pena tentar:

— Para onde você está me levando? — perguntei.

— Cala a boca. — Eu calei.

Anoitecia. Logo ficou tão escuro que tudo o que víamos eram os faróis dos outros carros e caminhões, e árvores fazendo moldura pro céu de chumbo. Ele dirigia tranquilamente, sem sono, sem música, protegido pelo mais completo breu. Entramos numa serra. Pegamos trechos à beira de despenhadeiros com iluminação deficiente e depois nem isso, apenas o eterno terceiro traço visível no asfalto à frente, em algumas curvas a mata deixando entrever nesgas de luz móvel muito mais abaixo, faróis de carros percorrendo outro trecho da estrada. Passaríamos por lá dali a pouco, calculei. E passamos mesmo. Depois mais e mais estradas, durante cerca de três horas durante as quais não relaxei um só segundo. Placas indicando saídas para cidades desconhecidas se sucediam, nomes de santo ou longas palavras indígenas que não ajudavam em nada minha orientação. Passamos por um restaurante chamado Cantinho Mineiro. Estávamos em Minas? Tentei me lembrar das aulas de geografia: Serra da Mantiqueira, Serra da Canastra, Serra da Bocaina. Tentei lembrar onde cada uma ficava, mas em vez disso me vieram nomes de minerais de quinta série: gnaisse, hematita, feldspato. Comecei a pensar num mineral para cada letra do alfabeto para me acalmar. Alumina, bauxita, carvão. Ficar imaginando o meu destino me exauria, começava a me intoxicar, minha mente forçava para sair daquele cativeiro nem que fosse para brincar de adedanha mental. E eu deixei, não tinha forças nem vontade de impedir. Urânio, vanádio, xisto, zircão. Não me ocorria nenhum mineral que começasse com a letra W nem com Y. As últimas letras do alfabeto eram misteriosas e difíceis. Álgebra sempre usava x, y ou z. Gênero incógnito: meninx. Pensei em *Arquivo X*, que eu assistia com a Lucinda, ambas fingindo estar apaixonadas só pelo Mulder. Foi a primeira vez que ouvi a palavra "abdução", termo para alguém que é raptado por alienígenas, e pensei na palavra "rapto", que é um sinônimo eufemístico para "estupro". Nas últimas temporadas de *Arquivo X*, descobrimos que a irmã do Mulder havia sido raptada por alienígenas, que tinham feito vários clones dela, e me lembrei de O *clone*. Além de ser sobre um clone humano e muçulmanos marroquinos, O *clone* era a novela da Mel drogada, a que bebia perfume e desesperava os pais, inclusive os da vida real: até minha mãe chegou a ensaiar uma fiscalização mais dura comigo e Lucinda, o que acabou precipitando nossa saída de casa — para casas diferentes, pois já éramos maiores, e para nós já era tarde. O visual da Mel d'O *clone* era meio clubber, camisetinhas justas, casacos metaliza-dos, talvez inspirado no Renton de *Trainspotting*, também re-cente na época. Suspirei, rememorando Ewan McGregor novi-nho e *heroin chic* em abstinência, trancado no quarto, vendo bebê andar pelo teto... engatando daí uma lembrança da Naza-ré Tedesco, a vilã das vilãs, sequestrando o bebê de outra mulher, sempre transtornada, causando na van. Larguei o devaneio quando o carro começou a sacudir: a estrada agora era de terra. Entendi que estávamos perto. Perto do fim? Tentei me preparar para o que viesse, e é claro que era impossível. Quem pode se preparar para um estupro, para a morte, para a tortura antes da morte? E não havia como escapar.

Eu lembrava de filmes que não devia ter visto: *A Serbian Film*, *Réquiem para um sonho*, *Saw*, *Turistas*, *Martyrs*. Eu tremia inteira, respirava mal. Aos poucos tudo ia ficando branco, das beiradas para dentro. Meu corpo queria desmaiar, também de fome, mas me obriguei a ficar consciente, não ia me render sem luta. Um único ponto de luz se aproximava — entendi que está-vamos numa fazenda ou sítio — e tive certeza quando chegamos mais perto, revelando um alpendre, o beiral de uma casa de fazenda. Meu cérebro se encontrava num estado parecido, com uma única luz acesa lá dentro, bem lá no meio, a chama piloto. Depois de estacionar em frente à casa, o homem saiu, bateu a porta e me deixou lá, amarrada, de costas para a porta principal. Curvei o pescoço e o vi entrar na casa; mesmo amarrada, soltei o cinto e testei as maçanetas do carro — trancadas. No porta-luvas, havia apenas um monte de papel, ele levara a arma. O homem voltou pouco depois, acompanhado de um rosto que reconheci com algum esforço, e não sem assombro: eu não estava tão lascada quanto imaginava. Ou será que estava mais lascada do que imaginava?

Davi. Davi tinha estado comigo uma única vez, meses antes, em circunstâncias peculiares. Eu tinha usado meu apartamento do Rio pra atender uns dias, em vez do flat, que estava com um vazamento. Lembrei dele parando de tirar minha roupa, contemplando a estante da sala e indagando se eu tinha lido "tudo aquilo". Sorri. "A maioria", falei. Trepamos e depois conversamos refestelados no conforto doméstico, e deu pra ver que ele admirou meu papo, e mais ainda eu vestir sua camisa social e ir passar um café para nós sem nem perguntar se ele queria, autoritária. Eu estava bem à vontade; afinal de contas, era a minha casa. Aproveitei para criar aquela sensação de intimidade, o tipo de experiência que rende um segundo programa, e um terceiro. Davi passou várias horas lá em casa, sondando o que tínhamos em comum (de clássicos russos a histórias em quadrinhos), e acho que passei no teste; ele trepou comigo de novo e pagou o que cobrei sem reclamar.

Depois desse dia ele ficou puxando conversa pelo celular, me convidando para todo tipo de programa *hipster*, desde bar de chope artesanal até evento de quadrinhos. Sempre como se já estivesse indo e tivesse pensado em me incluir na última hora. No papo não havia o acerto financeiro prévio que clientes mais experientes sabem que é de praxe para quem vive de programa, ainda que escamoteado ou tornado desnecessário devido a uma relação de confiança mútua que se estabelece com o tempo, depois de repetidas saídas. Ainda não estávamos nesse estágio. Se eu topasse, com certeza encontraria Davi cercado de amigos da mesma idade e classe social. Eu seria a ave rara a ser exibida, esfregada na cara deles; seria apresentada como uma modelo amiga, tornando óbvio que estávamos trepando, e eu não receberia um puto por essa perda de tempo. Ele devia supor que sua beleza, seus contatos sociais e a grana da família dele seriam o suficiente para mim. Mas não eram. Nunca topei essas saídas que ele propunha. Trepar de graça com homem rico é contra meus princípios profissionais. Quando ele soube que eu também frequentava São Paulo, começou a me convidar para coisas por lá. Como suas tentativas de estabelecer outra relação entre nós naufragaram, Davi mudou de tática, passou a me oferecer mimos culturais. Primeiro me mandava fotos de livros de autores que admirava: "Conhece esse? Quer de presente? Saiu essa edição limitada que…". Eu desconversava. Às vezes aceito esse escambo de presentinhos quando o cara tem a pira de *daddy*, mas eu lá preciso que alguém me compre livro? No mínimo, uma joia. Davi pensava que me conhecia muito, quando na verdade estava investido numa espécie de fetiche — o de possuir uma garota imersa no "mundo cultural masculino", ou seja, o dele —, e eu pressentia que aquilo podia ser um perigo. Além de ser um tédio.

Era um programa, mas ele queria que fosse um relacionamento.

Eu tinha sido trazida de encomenda para um cara com quem eu não queria mais nem conversa; se ele estava correndo um risco desses, queria algo além de sexo. Uma namorada? Só se fosse uma namorada paga; se a questão fosse interpretar esse papel, eu podia perfeitamente fazer, e ele tinha dinheiro para me pagar. Mas pelo jeito ele não queria ter que pagar.

Que irônico. Como Beleza Exótica, sempre fui a que todo mundo queria provar, mas nunca ter ao lado. Acabei resolvendo monetizar a coisa porque cansei de ganharem em cima de mim ao mesmo tempo que me desvalorizavam. Esculpi o meu nicho: o da exótica despachada que sabe farrear com elegância, uma espécie de malandra novela-das-sete, louquinha *pero no mucho*. Depois passei um tempo no exterior, encarnando clichês locais, iguais mas diferentes, como a colegial, ainda que faturando menos que o ideal por causa de atravessadores espertinhos.

No entanto, com tudo isso, nunca inseri na personagem quase nada da minha personalidade ou do meu gosto cultural, um pouco por ciúmes de mim mesma, um pouco por ojeriza ao fetiche em mina nerd/*hipster*, mas principalmente porque ninguém quer saber de uma malandra letrada. Complicaria demais a mensagem. Até o livro que eu escrevia agora era um recorte cuidadoso e parcial da minha vida no mercado de sexo. Publicá-lo serviria para eu me aposentar da profissão, coisa que eu estava cada vez mais inclinada a fazer. Meu plano era não vender o essencial no livro: nada de falar da minha namorada, das minhas questões mentais nem preferências culturais, e sim me ater apenas a relatos picantes, lições de marketing e apelos à anticaretice. Já estaria de bom tamanho. Porém, quanto mais eu escrevia, mais duvidava de que ia conseguir terminar e publicar, confinada que eu estava nos labirintos que eu mesma criara. O jeito de ser da Vívian do livro, baseado na minha personalidade sem admiti-la na íntegra, gerava pré-requisitos e interdependências diferentes dos meus, que eu não podia ignorar e não sabia desenvolver, formando uma personagem desconexa, volátil. Por mais que eu dissesse que aquelas memórias de meia-tigela eram só para ganhar dinheiro, eu tinha um certo orgulho de ser como era, de como me construíra na vida, e me preocupava com a qualidade da escrita — por isso estava quase largando mão daquilo e tramando outra forma de aposentadoria.

Mas, antes que eu me decidisse, Davi apareceu. Um idiota. Imaginei como ele teria chegado até mim, o que o haveria impelido a procurar uma profissional, e por que especificamente eu. Talvez não soubesse onde conhecer mulheres depois de ter acabado a faculdade, mulheres adequadas ao sexo fácil, pois ainda não queria casar (e naquele mundo de fortunas dele era preciso casar). Ele até gostava da cultura topzera, mas preferia algo que o diferenciasse das massas. Até saía em grupo, mas bom mesmo era ficar só. Será que tinha ido com os amigos a uma termas de luxo? E a partir daí começado a procurar acompanhantes sozinho?

E aí eu apareci. Pensando: tão belo, tão gostoso, tão idiota. Como sempre, separando as sensações para que elas não me controlem: a serotonina do orgasmo, a endorfina por ter ficado por cima, a oxitocina por ter trepado duas vezes com a mesma pessoa. E, assim, apenas aproveito. E ainda levo um dinheiro por isso.

Quando Davi me viu toda machucada no carro, fez uma cara apreensiva. Não disse nada ao capanga que tinha me sequestrado, com certeza algum pau-mandado do seu pai fazendeiro, mas abriu a porta do carona e se dirigiu a mim: "Viviana". Meu nome real. Então ele tinha me investigado. Merda.

— Viviana, por favor, me perdoa. — Ele me olhava horrorizado, angustiado. — Eu não queria isto.

Olhei para ele, mãos amarradas no colo, e disse:

— Davi.

— Foi o César que resolveu fazer isto — disse, indicando com a cabeça o homem que havia me sequestrado. Davi me olhava sério, esperando que eu acreditasse. — Foi coisa da cabeça dele, eu nunca teria deixado se soubesse.

Eu não conseguia decidir se já era hora de eu falar qualquer coisa que fosse, inclusive pedir para ele me soltar. Ainda estava avaliando aquele homem, tentando descobrir o quanto deixaria aquela situação maluca se prolongar. Mexi as mãos de leve no colo.

— Deixa eu te soltar — ele disse, tentando afrouxar o nó apertado à unha. Não conseguiu. — Tem tesoura lá dentro, vem cá.

Não me mexi do lugar. "Vem", insistiu ele. César, que mantinha distância, deu um passo à frente. Entendi. Apoiando as mãos amarradas no joelho, me levantei e saí do carro. Andei com passinhos de gueixa, mãos juntas impedindo o movimento, pés gelados no chão de terra, depois de tábua, até uma sala ampla, antiga, estilo colonial. Chão de ladrilho hidráulico, desses de cinquenta reais a peça. Fizeram com que eu me sentasse num sofá. Ninguém foi pegar tesoura alguma.

Davi estava contrariado. Contrariado porque, deduzi, aquela situação destoava de suas fantasias: eu ainda não havia me declarado pra ele nem chorado pedindo piedade. Estava apenas disfarçadamente furiosa por cima de uma camada de medo. César continuava ali em pé, em seus sólidos um metro e setenta de altura, vigiando a cena. Davi caminhava pela sala, indo e voltando, o clássico homem de negócios preocupado.

— Cesinha, ela tá toda marcada — disse Davi por fim, apoiando-se no encosto acolchoado de um sofá rústico. — Você machucou ela?

Você machucou ela? Meu deus! O pior era aturar aquela encenação condescendente, como se eu fosse incapaz de perceber a péssima atuação, o clichê. Eu estava começando a ficar mais com raiva do que com medo.

— Ela não quis vir por bem — disse César.

— Viviana, minha ideia era que ele conversasse contigo, te convencesse a vir. Isso não...

— Manda esse cara embora — eu disse.

— Calma — continuou Davi —, eu sei que você deve estar com medo. Fica tranquila, a gente vai te soltar. Mas primeiro vamos conversar.

— Nós três?

— Nós dois. O César mora e trabalha aqui. Não posso expulsar ele. Mas agora ele vai deixar a gente a sós — disse, acariciando meu rosto.

Estremeci com o carinho dele. Talvez eu não devesse ter tanta pressa para mandar o outro embora. Davi tinha tudo de príncipe, inclusive a altura e a tendência à insanidade, mas ainda assim parecia melhor enfrentar só ele a enfrentar ele e seu jagunço.

— Eu vou conversar com você — falei, como se a decisão fosse minha. — Mas não na frente dele.

"Nem amarrada", pensei, mas não ia dizer isso ainda, não na frente do César. Me deplorei por ter adiado indefinidamente aquelas aulas de defesa pessoal. Fiquei acomodada, deixei meu ego me convencer de que eu seria capaz de virar a mesa em qualquer situação adversa só na base do intelecto, da minha capacidade de ler padrões.

— Já tô indo, gatinha — disse César, arreganhando os dentes para mim num sorriso agressivo. Acenou a cabeça para Davi e saiu pela porta da frente. Ouvi o carro dar partida. Minha bolsa estava nele, meu celular e meu carregador. Merda.

Davi me levou para o banheiro azulejado, me sentou no vaso sanitário e começou a cuidar de mim — sem soltar minhas mãos. Eu tinha um arranhão na testa, que ele desinfetou e não cobriu, e depois atendeu aos arranhões e hematomas no braço, todos os que eu conseguia ver ao virar o pescoço, que, aliás, também doía. Eu estava toda suja do barro seco de quando tentei fugir no acostamento da rodovia. Devia haver hematomas sob a calça também. O ombro e as costas também doíam de tensão. E o estômago.

— Esta corda está cortando meu pulso — eu disse.

Davi acabava de limpar meu braço esquerdo com um lenço úmido. Sem dizer nada, pegou uma tesourinha de unhas do estojo em seu colo e tentou cortar a corda, sem sucesso.

— Peraí — disse ele —, já volto. Mas você... você tem que prometer que... — Ele virou a palma da mão para mim. — Fica aí.

Davi tirou a chave da fechadura da porta antiga de madeira escura e me trancou por fora, levando a chave. Levantei e fui até a janela basculante entreaberta. Era alta demais naquele banheiro de pé-direito também alto. Abri a porta do armário da pia: encontrei algodão e um rolo de papel higiênico armazenado num porta-papel de crochê. Um armário fixo de fórmica instalado num canto estava trancado. Fui até o vaso sanitário e me sentei de novo.

Se você é uma puta competente, em pouco tempo avalia o seu cliente e traça uma espécie de perfil psicológico dele, descobrindo do que ele gosta na cama e às vezes nem sabe. Eu recorria a essa habilidade desesperadamente naquele momento, especulava juntando o pouco que sabia sobre Davi. Graziane atendera o pai de Davi uma época, um fazendeiro mestiço que só gostava de louras e pagava bem por uma natural não depilada. A mãe de Davi devia ser assim também, porque Davi era branco e de um loiro-escuro. O pai era conservador, à moda brasileira, é claro: suas escapadas deviam ser toleradas, e quem quer que viesse a ser sua nora deveria ter pele clara. Davi ter cismado justamente comigo, uma mulher nada loira, nada branca e nada pura, era o oposto do que os pais esperavam dele — e Freud explica. Mas, se o capanga tinha chegado ao extremo de me sequestrar para Davi, seria eu melhor do que nada? Essa pergunta ficou sem resposta.

O dinheiro da família vinha da monocultura e da pecuária, mas Davi não parecia em nada o agroboy típico; ou queria se diferenciar, ou já era diferente demais para se integrar. Pela conversa que tivemos no dia em que o atendi, eu sabia que ele tinha uma trupe de amigos inteiramente urbana e que havia parado a faculdade algumas vezes, por fim concluindo administração numa universidade particular. Puxando pela memória, lembrei que Grazi tinha comentado comigo que seu cliente constante, o fazendeiro, tinha um filho "problemático", que não demonstrava "pulso para os negócios" e que fora internado uma vez, não ficou claro se por abuso de drogas ou por algum problema psiquiátrico. E Davi era filho único, pelo menos oficialmente. Frágil demais para a vida prática, cobrado pelo pai. Talvez a família agora o pressionasse para ter uma namorada, uma esposa, uma vida "normal".

Quando buscamos referências sobre os possíveis clientes, em essência queremos nos proteger: saber se o cara já machucou alguma garota, se já deu calote, ou seja, conhecer a folha corrida do sujeito. Esse passado de Davi havia me escapado. Mas transtornos mentais eu mesma tinha e também já havia abusado de drogas recreativas. Era evidente, pensando agora, que uma certa ideia de macho alfa perigoso que não se coadunava com a realidade residia na cabeça de Davi. Esse era o perigo, o verdadeiro perigo. As mulheres que ele considerava adequadas não estavam correndo atrás dele, as cultas e sexy da sua fantasia, as cheias de atitude, que pretendia exibir para os amigos e que o redimiriam perante o pai. O mundo não se dobrava à sua vontade, não como ele imaginava. Além da frustração e raiva recolhidas, ele estava, ou era, visivelmente deprimido.

Ele voltou pouco tempo depois, com uma faca na mão. Uma faca de cozinha básica, sem serra, do tipo que se usa para cortar carne e cebolas ou para enfiar na bananeira com o intuito de enfeitiçar alguém. Sem falar nada, Davi veio andando na minha direção com ar soturno. O estranho é que eu não senti medo. Lembro de ter pensado que aquele jeito sombrio podia ser só incômodo dele com aquela situação. E em seguida me preocupei em já estar cedendo à síndrome de Estocolmo.

Davi se aproximou, se agachou na minha frente e passou a ponta da faca devagar no meio dos meus pulsos, encaixando-a no centro. A faca estava afiada. Com alguns vaivéns, a corda se esgarçou por completo e pulou, descolando devagar das laterais do pulso. A pele ardeu, desgastada pelo atrito.

Ele começou a massagear meus pulsos, ardeu mais. Eu os puxei de volta e comecei a levantar. Ele levantou junto, segurou meu braço e me deteve.

— Eu te soltei, mas daqui você não sai.

— Eu só vou na pia lavar o pulso. — Mas não fui, ele continuava segurando.

— Escuta aqui — ele continuava me segurando —, não gosto do que o César fez com você. Não era o que eu queria.

A mesma ladainha. Enquanto ele próprio segurava meu braço.

— O César não trabalha pra você?

— Trabalha... — ele disse, com um tom debochado. — É quase um irmão.

— Então ele te fez um favor.

Davi soltou meu braço e ficou contemplativo, olhando para baixo.

— Você precisa acreditar em mim. Eu não queria isso aqui.

— Então prova. Me solta. Me deixa ir embora.

— Eu não posso. Você tá toda marcada, vão associar a mim. Eu posso ser preso.

— Você acha mesmo que eu vou sair falando pra polícia? Você sabe muito bem o que eu faço da vida.

— Eu sei e não acho que você esteja feliz, Viviana.

— E é assim que você me salva? — Mostrei os pulsos machucados.

Me arrependi de ter dito isso. Eu não devia confrontá-lo, massacrá-lo com muita lógica: estilhaçaria a fantasia dele, Davi podia ficar nervoso. Como ficou. Nervoso com elegância. Simplesmente foi andando até a porta e trancou-a por fora de novo, levando a chave. Até pensei em correr atrás, impedi-lo de sair, mas eu não queria ver do que ele seria capaz naquele estado. Estava entendendo o mecanismo ali: de tudo que me acontecesse, eu seria a culpada. Eu é que teria feito ele perder a cabeça, e toda justificativa racional que eu oferecesse seria lenha na fogueira.

Respirei. Pensei: você achou que fosse morrer e não morreu. Até agora. Você tem chance de escapar, se concentra.

Sem fazer barulho, espiei pelo buraco da fechadura. A luz da sala estava acesa e ele lia no sofá. Pensei em chamá-lo, ser dócil, seduzi-lo. Mas agora não adiantava mais fazer o jogo da namorada. Eu estava machucada, o capanga estava perto demais, eles já haviam feito a merda de me sequestrar, eu podia botar a boca no mundo se me deixassem ir. E, mesmo que eu escapasse e os denunciasse, o pai dele com toda a certeza iria comprar a polícia; eu era só uma mulher, prostituta ainda por cima, e nem branca era. Mas Davi tinha medo dos pais, que por sua vez tinham medo de manchar sua reputação. Talvez ele não se desse conta, mas César também estava ali para vigiá-lo. Eu mesma poderia ter virado esse tipo de idiota se tivesse sido superprotegida, se não tivesse visto o mundo em toda sua podridão e esplendor desde cedo, ponderei, com a mão no queixo, já sentada de novo. Eu tinha duas opções: ou tentar fugir ou enrolar até eles decidirem me soltar, fingindo conformismo e cooperação. Nos dois casos havia risco. Se eu ficasse, César podia decidir que o melhor era me matar e me enterrar aos pedaços logo, para que a família não tivesse problemas depois. O que o impediria de me transformar em futuro capim-gordura do gado do patrão? Ele tinha desligado meu celular assim que me sequestrou e depois o levado junto com a minha bolsa. Já estava apagando meus rastros, o jagunço filho da puta. Se eu conseguisse sobreviver mais um dia ou dois, será que teria chance de ser encontrada? Lucinda e Grazi já deviam estar estranhando o meu sumiço. Josefel ficaria bem, eu sabia que Lucinda cuidaria dele mesmo se eu acabasse numa cova.

De repente ouvi barulho de chave na fechadura, a porta estalou se abrindo e Davi entrou, me olhando de esguelha. Ele trancou a porta e guardou a chave no bolso. Continuei sentada na tampa do vaso sanitário enquanto isso. Ele se aproximou da pia e removeu o pesado espelho antigo que ficava acima dela. Colocou-o no chão cuidadosamente. Abriu o armário sob a pia, olhou tudo lá dentro, depois fechou. Tentou abrir o armário do canto, nada, estava trancado. Olhou para o alto, para o pequeno lustre de banheiro; inspecionou a lixeira, pegou dali os pedaços da corda com a qual César havia amarrado minhas mãos e enfiou no bolso. Olhou dentro do boxe de acrílico, onde havia apenas um frasco de xampu vencido e um sabonete ressecado em um suporte de metal enferrujado pendurado no registro do chuveiro elétrico. Davi pegou o suporte com xampu, condicionador e sabonete, e deixou do lado do espelho. Olhou para a janela basculante lá em cima, sem parecer se preocupar com ela. Por fim, correu os olhos pelo banheiro todo e se deu por satisfeito.

— Nada vai acontecer com você — assegurou ele. — Fica tranquila.

Atônita, eu o observei sair levando o espelho e o suporte de xampu e me trancar de novo naquele lugar gelado. Me pareceram mais medidas antissuicídio do que precaução para eu não usar nada daquilo para fugir. Não tinha restado nada que eu pudesse usar para me machucar. Era revelador que ele achasse isso uma possibilidade. Na cabeça dele, eu poderia me matar por desespero, por não conseguir escapar. Ou então para atingi-lo, já que acreditava que eu o odiava. O interessante era ele acreditar que eu me mataria por causa *dele*.

Constatei que o raciocínio de Davi era simples, na verdade: até o Hamlet do agronegócio queria sua Ofélia. Se na cabeça dele eu era sua alma gêmea, eu também só podia ser uma alma torturada, igual a ele. E agiria do mesmo modo que ele talvez tivesse agido um dia.

Que baita narcisista.

No entanto, aquele impulso dele de me proteger de mim mesma podia me ser útil. Eu ainda não sabia como, mas podia. Me lembrei de um documentário sobre assassinos psicopatas que tinha assistido de bobeira em casa um dia. Psicopatas eram irredutíveis, não adiantava argumentar com eles, não podiam ser enganados, você estava lascada. Mas se Davi não fosse um, como eu achava que não era, o que eu precisava fazer era ficar ressaltando minha humanidade o tempo todo. Quanto mais ele me considerasse humana, mais chance eu teria de sair viva e ilesa, porque, contra alguém desumanizado, tudo seria permitido. Eu precisava evitar o *com essa aí posso fazer o que eu quiser; ninguém se importa.* Noutras palavras, eu tinha que ser mais que *só uma puta.*

Entrei em uma breve deliberação comigo mesma — como criar de improviso um terceiro ser que não destoasse demais do meu personagem-acompanhante nem da imagem idealizada que ele fazia do meu "eu de verdade". Nem Vívian, nem Viviana; quem eu seria agora? Eu estava transbordando de raiva, o que poderia comprometer minha capacidade de fazer isso direito. Mas precisava sobreviver. O que eu tinha que fazer era usar as habilidades da minha profissão — a de avaliar o cliente e a de representar um personagem de forma estratégica — pra me distanciar do imaginário associado a ela. Atravessar o coração e sair do outro lado. Loucura?

Ouvi os grilos lá fora, o barulho do campo que naquela situação eu era incapaz de apreciar. Pensei em Grazi, em como ela devia estar, em Lucinda e na mamãe, em como elas ficariam caso eu continuasse desaparecida por mais tempo ou aparecesse morta, e pensei em Josefel. Estava com frio, com fome, com os pés nus e gelados, e um gosto metálico na boca de estômago vazio misturado com estresse. Estava num jogo de pôquer e minhas cartas eram fracas. A única saída era blefar, e blefar bem.

— Davi! — chamei. — Davi!

Demorou um pouco até eu ouvir alguma movimentação. Pela demora, calculei que ele hesitou antes de vir me atender. Som de chave sendo girada na fechadura, a porta se abriu e Davi ficou postado na porta feito um dois de paus, sem entrar, me olhando desconfiado. Eu tinha os braços em X sobre o peito, cada mão massageando o braço oposto, e estava sentada para parecer menor e mais frágil.

— Tá muito frio — eu disse.

Ele me olhou mais um instante e se decidiu:

— Já volto.

Deixou a porta aberta. Voltou com um volume todo amarfanhado de poliéster, azul rei, a mão o sustentando em gancho como se portasse uma bandeja leve. Um saco de dormir. O polegar fazia uma leve pressão na parte de cima do monte a fim de manter sua forma: mãos grandes, reparei, me lembrando. Ele chegou perto e o depositou sobre o bidê, parando à minha esquerda.

— Obrigada.

Ele me olhava calado. Não sabe cuidar, pensei; sempre foi cuidado, nunca deu valor. Acha que o natural é cuidarem dele, o normal, não entende por que "parou", porque mulheres aleatórias não velam por ele automaticamente, como a mãe dele fazia, como faziam suas babás, empregadas e professoras. Eu não tinha pedido nada, apenas disse que estava com frio, sinalizei fraqueza e *ele* decidiu me fazer aquele agrado. Parecia até transfigurado pelo papel inesperado de cuidador, de pequeno salvador. Não sabia que tinha aquela capacidade, aquele poder.

Então devo pedir coisas, pensei. Pedir sem pedir, com certa relutância, como se meu orgulho ferido estivesse aos poucos cedendo feito uma febre. Eu, vítima das circunstâncias; você, Tarzan. Agora eu estava no meu território. Senti meus músculos profissionais se aquecendo para aquela tarefa de puta, um *role play*; a coisa mais próxima de terapia que sou capaz de oferecer.

— Então vocês vão me deixar aqui até as marcas sumirem — eu disse — e depois vou poder ir?

Ele assentiu rápido com a cabeça e eu assenti com a minha também.

— Tudo bem. Sabendo que vou sair daqui, fico mais tranquila. — Dei um sorriso. — Eu já estava planejando mudar de ramo mesmo. Cansei, sabe.

— Percebi — disse ele, com um meio sorriso compreensivo. — Você não estava feliz.

— É, você está certo — eu disse, fingindo uma leve contrariedade por ter que admitir que ele tinha razão. Levantei e comecei a desdobrar o saco de dormir. É claro que era importado, de marca, um dos melhores do mercado. Estendi-o no chão e agradeci de novo:

— Obrigada.

— Até amanhã — ele disse.

— Até amanhã.

E a porta se fechou, a chave. Apaguei a luz e me vi num breu quase total. Pouco depois a luz da sala também se apagou. Agora a única iluminação era a que entrava pela janela basculante. Entrei no casulo de poliéster e comecei a fechar o zíper. Meus pés gelados ansiavam por uma meia, mas eu não ia pedir — não naquela hora.

Uma vez acomodada e aquecida no saco de dormir, percebi, sonolenta, que no fundo eu estava querendo me render. Estava quase achando mais fácil tentar a sorte sendo obediente, dormindo ali, e, de manhã, continuar fazendo a Madalena arrependida para Davi. Minha mente, porém, escoiceava, se recusando a me deixar cair nessa tentação, nessa esparrela. Eu argumentava comigo mesma: você está nas 1001 *noites*; se não contar uma boa história para o sultão, vai estar morta pela manhã. Sempre achei que o sultão não queria suas mulheres tanto assim, já que as matava logo que acabava a noite de núpcias; queria algo através delas, no mínimo não virar corno. O meu sultão nem se dignara a me oferecer um jantar. Que desejo flácido, medroso e ao mesmo tempo dominador. Mãos grandes que ele tinha receio de usar; eu seria frágil demais para elas... essa era a história que ele contava a si mesmo. Na verdade, ele tinha medo de perder o controle sobre si e, por extensão, o controle sobre mim (era isso que eu era, a princípio: uma extensão). Ele também não sabia se era capaz de cuidar e de se responsabilizar por mim, por ele mesmo, pelas fazendas da família. E tinha medo de descobrir. Por isso escolhera a mim, a puta... um objetozinho seguro, controlável. Um ursinho de pelúcia. Mas agora eu tinha que deixar de ser isso, ou ele não conseguiria deixar a dependência para trás. Era minha obrigação me rebelar, não deixando fácil demais para ele.

Eu justificava a mim mesma uma decisão que já havia tomado. Não podia acreditar no meu próprio fingimento. Não estava tudo bem. Não ficaria tudo bem. Não podia me dar ao luxo de ficar ali esperando piedade dele, nada era garantido. Tinha que acreditar que corria perigo e que, quanto mais eu permanecesse ali, pior. Precisava correr atrás. Virar uma donzela resgatável era apenas o plano B.

Certo. Se eu fosse escapar, aquela hora era a melhor chance, com o capanga em outra casa e meu captor oficial dormindo. Ele estava dormindo, não estava? Saí do saco de dormir e encostei o ouvido na porta. Depois, o olho na fechadura. Breu total. Se ele não estava dormindo na sala, devia estar em outro lugar da casa.

Peguei o porta-papel higiênico de crochê dentro do armário da pia e o levei para perto da claridade da janela. Examinei-o todo, querendo encontrar algum arame por dentro, o que poderia ser útil para eu tentar abrir a fechadura da porta. Mas o crochê do porta-papel era estruturado por talas plásticas e, no topo, um anel do mesmo material. Um anel grosso demais para servir como chave de fenda? Fui até o armário trancado e o experimentei nos parafusos da dobradiça: sim, grosso demais. Apalpei a parte de trás da calça, em busca de uma moeda no bolso, e descobri que nem bolsos havia. Antes de amaldiçoar todo o vestuário feminino, porém, meti a mão dentro da blusa e desabotoei o sutiã, rezando por uma armação de arame. Mas era um modelo chique, com esqueleto de talas plásticas. Maldito plástico.

Então tateei a cabeça. Eu tinha grampos. Um de cada lado, estruturando meu topete. Bingo.

Meses antes eu tinha aprendido a abrir fechaduras com objetos do dia a dia. Estava jogando um RPG em que arrombar trincos era uma das habilidades que melhoravam conforme a experiência. Eu estava viciada naquilo e instalei o jogo até no computador da Grazi, em São Paulo, e, quando eu estava na casa dela, continuava minha campanha com a arqueira Calleigh, que criei depois de me desencantar com a progressão da minha primeira personagem, a ogra Sheela, e recomeçar do zero. Calleigh era uma gatuna furtiva e franco-atiradora, e seu desenvolvimento me agradava a ponto de eu reclamar da realidade.

— Pena que na vida real arrombar não seja assim mole — disse um dia para Grazi, rindo.

Ela riu também e respondeu, desafiada:

— Quem disse que não é? — Foi até o computador e me puxou de lá. — Quer ver?

Parecia que Graziane tinha feito aquilo a adolescência inteira. Era assim que ela e seus amigos se divertiam na sua cidade natal. Era assim que encontravam ótimos lugares para transar e fumar um ou simplesmente não serem incomodados. Era assim que roubavam coisas de gavetas trancadas, como nos filmes da sessão da tarde.

— Fechadura de gaveta é mais fácil. Dá pra abrir até com grampo.

— Sua delinquente... — provoquei.

Fiquei de curiosa, observando Grazi fazer trancas e mais trancas pularem, usando vários apetrechos diferentes, de clipes a garfos. Quando chegou minha vez de tentar, me achei bem ruim naquilo, e além do mais estava com vontade de voltar logo pro meu jogo, onde eu era boa. Quis desistir. Ela não deixou.

— Vai que você pega algum cliente maluco que te tranca?

— Vira essa boca pra lá.

E esse dia havia chegado. Grazi tinha me feito treinar até conseguir — no dia, a conquista suada me fez exultar —, e eu nunca poderia agradecer direito a ela, a menos que conseguisse repetir o feito agora, pra valer. Grazi, eu te amo, pensei. Eu também tinha que ficar viva pra dizer isso a ela.

Usando a unha e o dente, entortei um grampo a noventa graus e o outro transformei em um arame reto com a pontinha terminando em L. Arranquei as borrachinhas das extremidades e cuspi. Enfiei o primeiro grampo na fechadura da porta. Tateei o interior dela e logo constatei que as engrenagens eram extremamente frouxas; era uma porta antiga com aquela fechadura gigante de aposento de castelo. Minha habilidade como arrombadora não chegava a tanto, ainda mais com aquelas ferramentas improvisadas e minúsculas.

Mas havia outra porta, pensei, outra porta com uma fechadura mais simples onde eu poderia tentar. Onde talvez eu encontrasse algo útil que me ajudasse a fugir. A fechadura pequena e moderna do armário de fórmica, uma adição recente ao banheiro, recebeu o grampo em ângulo reto como se tivesse sido feita para ele. Apliquei uma forcinha no sentido em que a chave legítima viraria para abrir. Em seguida, por baixo dele enfiei a ponta do grampo em L até o fundo do tambor, apurei o ouvido e o puxei de uma vez para trás. Distingui cinco pequenos estalos sucessivos, mas o grampo de cima não girou mais, como deveria ocorrer caso desse certo. Tudo bem, não era fácil mesmo: como Graziane me ensinara, era preciso calma, paciência. E insistência. Era possível cutucar pino a pino com o grampo em L, continuando a fazer pressão na parte superior, que, por fim, giraria. Empurrei o L para o fundo e comecei a tentar de novo. Minha única fonte de claridade continuava sendo a luz de fora, muito tênue, de modo que eu logo estava de olhos fechados, procurando entender de ouvido a minúscula distância entre os pinos e tentando cumpri-la com uma precisão cada vez mais obsessiva. Quando sentia que o grampo de cima não ia virar, eu removia os dois do buraco e recomeçava do zero. Tentei uma, duas, quinze vezes; vinte e cinco vezes, trinta vezes. Tinha sido assim que eu consegui abrir a fechadura da outra vez, junto da Grazi: de olhos fechados, me concentrando para ouvir bem o mecanismo interno. Se eu acendesse a luz do banheiro, poderia chamar a atenção de César, em algum lugar lá fora, ou de Davi. Eu sentia que estava quase lá (quarenta vezes); eu contava os pinos no tambor, aplicava pressão com toda a delicadeza (cinquenta vezes), mas a chave não virava. Aquilo não era brincadeira, era questão de vida ou morte, o ábaco em minha cabeça queria explodir e se perder nas contas, mas eu não ia deixar. Na septuagésima vez, o grampo de cima enfim girou.

Minha mão cansada mas grata terminou de rodar o cilindro. Puxei as portas duplas para fora e olhei. Incrédula, demorei a entender o prêmio que havia lá dentro para mim: material de limpeza. Água sanitária, vassoura, rodo e uma pequena escada dobrável que eu abri sob o basculante sem fazer o menor ruído. No armário, havia ainda um banquinho de plástico também dobrável que equilibrei no último degrau da escada. Calculei que, subindo neles, meu peito bateria na altura do basculante. Eu poderia enfiar o corpo por ali e escapar. Mas seria uma saída às cegas e a queda lá fora poderia ser grande. Além disso, eu não sabia o que me esperava do outro lado. De qualquer modo, eu ia tentar.

Peguei o saco de dormir, subi na escada e depois no banquinho. Abri o basculante ao máximo, forçando a alavanca enferrujada, e espiei pela janela: vi a ponta de um beiral e uma luminosidade forte vinda não sei de onde. Joguei o saco de dormir rente à parede externa, para que amortecesse a minha queda. Ouvi como ele demorou para chegar ao chão. Eu ia mesmo fazer aquilo? Era uma loucura. Enfiei a cabeça e os braços pela janela. Vi o saco de dormir me esperando lá embaixo, a borda de concreto que circundava a casa, o terreno plano e iluminado depois dela. O vão era suficiente para eu passar inteira, mas eu não teria espaço de manobra, cairia de cabeça e com os braços para a frente. Ia me arrebentar um pouco, sim, mas nada grave. Loucura maior seria continuar ali, pensei, e me fortaleci lembrando aventuras similares da minha infância e adolescência: saltar do trampolim de dez metros, nadar até a outra praia, pular da pedra — nenhuma sequela.

Deslizei metade do corpo para fora até estar quase dobrada ao meio, um tanto entalada pela bunda na fresta do basculante, os braços, o rosto e o peito raspando na fachada áspera da casa. Ainda dava para eu voltar, se quisesse, mas o que fiz foi proteger a cabeça com os braços, fechar os olhos, estirar as pernas de uma vez só e mergulhar para fora. Encontrei o chão primeiro com um cotovelo e a lateral do corpo, depois as pernas, que me fizeram deslizar para fora do acolchoado. Senti cada choque e baque; ainda de olhos fechados, ajeitei o corpo bem devagar, com várias dores, principalmente no ombro. Eu havia ralado fundo um dos braços no cimentado ao aterrizar. Entreabri os olhos e ergui o braço machucado, zonza. Um sangue escuro minava de uma risca reta que acompanhava o antebraço, e pontos rubros despontavam em diversas raias ao redor dela. Continuei mexendo o corpo devagar, para testar. Eu não parecia tão mal. Uma luz ofuscante que apontava para a face da casa onde eu estava, talvez para evitar ladrões (de gado?), me fez desviar o olhar. Sentei, respirei, levantei a cabeça e depois todo o corpo. Comecei a andar na direção do que eu achava ser a porteira, mancando por causa do ombro e braço estropiado, mas os pés estavam inteiros, e era o que importava. Meu plano era sair discretamente daquela fazenda e não parar até encontrar a estrada principal.

De repente, ouvi passos. Corri sem olhar para trás. Um tiro forte assobiou ao passar por mim. Corri mais ainda e quebrei o corpo para a frente da casa, para sair da linha de tiro. O capanga, com certeza. Outro disparo, dessa vez tentando me pegar antes que eu virasse a esquina da casa. Mas consegui sair da frente a tempo. Em seguida tropecei nos degraus da frente e caí aos pés da porta principal, que se abriu na mesma hora, quase me matando de susto. Pela primeira vez desde que tudo começara, dei um grito, me arrastando para trás, sentada.

Quem saiu pela porta foi Davi. Emoldurado como um anjo pelo umbral reluzente, ele me olhava indignado, como se fosse eu a única responsável por aquele aborrecimento, por aquela desordem na ordem das coisas. Ele virou o rosto para o lado. César vinha andando com a pistola apontada direto para a minha cabeça, fixando a mira. Davi ergueu sua grande mão em sinal de pare e disse:

— Que é isso, meu?

César não obedeceu, marchou adiante com a arma apontada para mim, querendo acabar logo comigo. Uma vez feito estava feito, problema resolvido, ele devia estar pensando. Mas Davi se postou na minha frente, interrompendo mais uma vez a linha de tiro. E tenho certeza de que foi o que me salvou.

— Ela tentou fugir — disse César, baixando a arma, mas mantendo-a destravada.

— Mas você não vai matar ela — disse Davi.

— Ela não vai ficar quieta.

— Mas não é pra matar, Cesinha. Ouviu? — Davi crescia para cima dele, algo que parecia inédito, e era visível tanto que César não gostava daquilo quanto que Davi tinha prazer naquilo que talvez só acontecesse de vez em quando: ele ser de fato o patrão. — Guarda essa arma. Deixa que eu cuido dela. Volta pra lá — disse.

César travou a arma e, lançando um último olhar raivoso para mim, nos deu as costas e começou a voltar para a sua casa, onde devia estar instalado o tal holofote.

— E você — Davi disse para mim, se aproximando —, vem aqui.

Me pegou pelo pulso do braço machucado e me arrancou do chão. O ombro doeu, o antebraço ardeu, e eu apertei os olhos de agonia. De frustração também. Lágrimas correram. Eu achava que ia escapar e, em vez disso, quase morri. Agora eu talvez fosse apanhar, mas pelo menos não ia morrer. Pelo menos não agora. Davi me chacoalhava.

— Olha pra mim. Para de chorar. Abre o olho.

Respirando forte, consegui obedecer. Ele estava muito, muito perto. Eu tremia.

— Você tentou me enganar. Você não faz isso comigo. Você não me conhece.

— Desculpe.

— O quê? Não ouvi.

— Desculpe, Davi.

Na esteira de ter crescido para cima do empregado, ele queria crescer também pra cima de mim. Na verdade, aquilo até poderia me ajudar, pensei, estratégica na desgraça. Davi me segurava, e percebi que ele não sabia o que fazer para mostrar quem é que mandava ali. Resolvi ajudar.

— Eu fiquei com medo — falei. — Vocês não me deram nem comida nem água. Pensei que iam me matar.

— Eu não vou te matar. Mas, se você fugir de novo, a gente vai ter um problema, porque o César prefere resolver as coisas na bala. E eu não vou entrar na frente de novo. Desta vez você deu sorte.

Ou seja, *não pense que gosto tanto assim de você*. Era a minha deixa para dizer: *Oh, por favor, goste tanto assim de mim.* Assenti com a cabeça e baixei os olhos, humilhada. *Senhor, eu não sou digna.*

— Vamos fazer o seguinte — continuou ele. — Você vai dormir comigo. Mas é para dormir *mesmo*. Eu não vou ficar acordado a noite toda te vigiando. Se precisar, toma um Rivotril. Eu tenho.

— Tá — eu disse.

E enquanto ele me levava para dentro de casa, perguntei:

— Tem alguma coisa pra eu forrar o estômago antes?

— Na cozinha. — Então ele lembrou que eu era sua prisioneira. — Eu vou com você.

Ele entrou à minha frente numa cozinha gigante e fria de fazenda, o piso em mosaico azulejado. Eu que acendi a luz; ele tinha ido direto à geladeira, contando com sua luz interna. Um relógio na parede marcava 1h10 da manhã; creio que estava certo. Procurei facas à mostra, mas não achei, de forma que fui com ele para junto da geladeira. Lá dentro havia apenas cebolas, manteiga, água e um saco aberto de bisnaguinhas. E eu esperando uns ovos de galinha caipira, quem sabe um bife...

— Está meio pobre — ele disse, pegando os pães e a manteiga. — Amanhã o César enche a despensa. Ele acorda bem cedo.

— Nossa, então ele dorme pouco. Quantos anos ele tem?

— Uns quarenta, quarenta e cinco. Por quê?

— Velho é que dorme pouco.

Eu olhava disfarçadamente por cima da cabeça dele. Na outra ponta da cozinha, junto à porta dos fundos fechada, havia uma caçarola decorativa pendurada na parede. Possível arma contundente, mas, além de estar fora de alcance, não tinha cabo, o que tornaria difícil golpear com ela. Mesmo assim tomei nota de sua posição; poderia vir a ser útil.

Davi pegou um molho de chaves do bolso e experimentou várias até conseguir abrir um dos armários sob a pia. Eu o vi estender a mão e pegar um prato de sobremesa guardado lá embaixo e, ao fundo, identifiquei um bloco de madeira com um jogo de facas, desses que as pessoas normalmente deixam exposto no balcão da cozinha. Davi tinha usado um facão para me libertar da corda: devia estar embaixo da pia, de volta ao conjunto. De uma gaveta sem tranca, Davi puxou uma faca rombuda e sem serra e começou a abrir os pães ao meio e a seccionar pedaços da manteiga endurecida.

Aquelas trancas já eram antigas, não tinham sido instaladas por minha causa. Trancas em cozinhas existem para os empregados não roubarem comida e os talheres de prata, pensei. Mas ali, pelo jeito, também serviam para esconder as facas afiadas. Que tipo de pessoa pensaria em tomar uma medida dessas? Alguém que sentia medo de morrer violentamente no contexto doméstico, e que tinha um pouco de poder. Trancar as facas devia ter sido iniciativa da mãe ou da avó de Davi, coisa de mulher agredida querendo evitar o pior: a morte, o escândalo. Marcas de porrada sumiam em alguns dias.

Aquela era uma casa de agressores então — se ainda não estivesse claro para mim, teria ficado ali naquele momento.

Notei Davi alternando o olhar entre a faca de manteiga em uma mão e o pãozinho na outra, parecendo indeciso. Sobre o quê? O que haveria de desafiador na preparação de um pão com manteiga? Ele não batia bem mesmo. Fingi que não tinha percebido nada.

Não era como nos filmes. Ninguém ali era gênio do mal. Não se tratava de uma conspiração. Eu não sabia demais nem roubara segredos atômicos. E ninguém tinha premeditado porra nenhuma. Meu sequestro estava mais para um capítulo de *Dom Quixote* ou de qualquer comédia de erros. O mais puro suco do Brasil. Ninguém aqui tem tanto dinheiro nem tanto tempo nem tanto saco pra te vigiar, sabotar o seu carro, te seguir na rua. Ou pagar alguém competente e confiável para fazer isso. As motivações são nebulosas, a própria pessoa não sabe muito bem que está premeditando um crime: é de momento. Quando vê, já está cometendo um, se precipita. E aí as providências para evitar problemas também são meia-boca e feitas nas coxas. Sempre estancando o problema imediato, sem planejar muito à frente.

Davi voltou a grudar a manteiga dura no pão, mas agora de forma frenética, até brutal. Com certo horror, o pensamento se fincou na minha cabeça: César e Davi de fato não eram uma quadrilha do mal, mancomunada para o crime. Tinham uma relação quase familiar, que os levara a fazer isso. Davi confidenciara a César sobre mim e César decidira agir. Tinha me seguido desde que cheguei a São Paulo e de repente decidiu me capturar, contando com a falta de segurança na cidade e com um possível desejo meu de laçar um garoto rico, ainda que problemático, para subir na vida. Assim, aquela árvore genealógica quase seca deles poderia frutificar. Um lance família. Família como a máfia.

O que César não contava era que eu não visse aquilo como uma boa oportunidade e tentasse fugir do príncipe encantado como o diabo da cruz; ao se dar conta disso, ele imediatamente me viu como um estorvo, e achou que eu estaria melhor morta. Eu não queria mesmo nada daquilo, não queria ser salva, eu estava ótima. Se não rica, estava remediada, saudável, amando alguém que me entendia e que queria ficar comigo. Ajudando minha família. Podia parar com os programas, tinha dinheiro investido e mais para investir. Mesmo que Davi tivesse me oferecido um bom contrato de longo prazo pela minha companhia, coisa que ele não queria fazer por orgulho, eu não teria aceitado. Davi não tinha nada a me oferecer nem como cliente; talvez viesse a representar até uma perda de liberdade, de sanidade. Daqui de dentro, era ainda mais óbvio. Tanto quanto era impossível de entender de fora. Essa sempre foi minha maldição.

Observei o pão se esfacelando sob as estocadas de Davi. De repente tive um pensamento otimista. Eles não deviam saber muito sobre mim. Não deviam ter me investigado a fundo, não teriam conversado sobre mim, era possível que tivessem conceitos diferentes sobre quem eu era. Talvez não soubessem que eu vinha de uma família de juízes e advogados e que, por mais carteirada que o pai de Davi desse, haveria consequências quando me encontrassem — em que estado fosse. Talvez não soubessem que eu tinha namorada e vissem Graziane apenas como uma colega mais próxima. Talvez nem me concebessem namorando uma mulher, ou achassem que mulher com mulher não valia. Não sabiam que ela daria pela minha falta rápido, que talvez já tivesse percebido mesmo sendo ainda a madrugada do mesmo dia, que faria de tudo para me encontrar. E que minha irmã também, e meu pai, e minha mãe. Não deviam achar que eu fosse próxima da minha família. Então, se eu fosse esperta e conseguisse enrolá-los, poderia ir ganhando tempo até alguém me encontrar.

O elo fraco ali, ao que tudo indicava, era Davi. Ele sabia que eu era inteligente, mas queria acreditar que ele era mais. Sabia que eu tinha personalidade, mas queria acreditar que a dele também podia ser cativante. Só se fosse como estudo de caso... e eu não tinha passado do segundo semestre de psicologia por um motivo.

Ele me deu um pãozinho com manteiga. Havia preparado sete, todos os que restavam no saco. Comecei a comer. Ele me acompanhou.

— De que marca é essa manteiga? — perguntei de boca cheia.

— Nenhuma — respondeu ele, também de boca cheia. — É daqui da região.

— Muito boa.

Até então eu tinha conseguido algumas coisas com Davi, inclusive aquela "refeição", sempre ressaltando que eu era um ser humano, que sentia frio, fome. Pensei se deveria dar um jeito de pedir também um celular, alegando que precisava tranquilizar minha família; quem sabe eu conseguiria mandar um pedido de socorro em código? Porém, se eu pedisse pra falar com minha irmã ou mãe, das duas uma: ou seria pelo celular de um deles, coisa que não iam querer, porque os implicaria; ou pelo meu próprio celular, com eles escrevendo e enviando a mensagem por mim, para maior controle. Porém, se me devolvessem meu próprio celular, ficariam com livre acesso ao meu aparelho, o que eu não queria de jeito nenhum. Poderiam descobrir demais sobre a minha vida e sobre quem eu amo. Isso podia prejudicá-las e me prejudicar. Melhor não pedir celular nenhum e torcer para que elas me encontrem.

De repente, olhei para a mesa, e não havia mais pão. Davi comera todos. Olhei para ele chocada.

— Não tem mais? — perguntei.

— Já está bom pro remédio — ele respondeu. E me puxou para a sala, me deixando no sofá.

Davi foi até o quarto e voltou com duas pílulas ovais e uma jarra de inox com água. Ele a serviu num copo alto e cilíndrico, engoliu um comprimido com água, e me disse:

— Pra você ter certeza de que eu vou dormir também. — E me apontou o outro comprimido sobre a mesa. — Pode tomar.

Eu olhei para a pílula e vi que não era Rivotril. Conheço minhas drogas. Peguei a pequena oval branca, coloquei na boca e tomei um gole generoso do copo d'água. Engoli.

— Você pensa que engana — ele disse.

Davi agarrou meu queixo e pressionou as laterais do rosto. Comecei a tossir, para disfarçar, mas ele invadiu minha boca com um dedo sabor metal e amido. Mordi a mão dele e levei um tapa que me fez cair no chão. Ele aproveitou, subiu em mim e resgatou o comprimido de seu esconderijo profundo no canto inferior esquerdo da minha língua. Segurou minha mandíbula aberta com dois dedos da outra mão e tacou-o direto na úvula. Em seguida, tapou minha boca e nariz com facilidade.

— Engole.

A pílula cutucava minha garganta no pior ângulo, e eu conseguia dominar o engulho, mas ainda assim era tão desesperador que, mesmo com tantas dores, novas e antigas, sacudi o corpo para me desvencilhar das mãos que me sufocavam. Apenas constatei o quanto eu estava presa e o quanto aquela situação o excitava. Se Davi quisesse, poderia me matar naquele momento; aliás, já estava começando a fazer isso. Desisti. Fiz sinal de positivo com o dedo e dei leves tapinhas na mão sobre meu nariz, o sinal universal de que acabou a brincadeira sexual quando não se consegue falar ou se esqueceu de combinar a senha. Ele foi diminuindo devagar a pressão sobre o meu nariz, mas no tempo dele, como se, de novo, quisesse mostrar quem mandava. Porém não tirou a mão da minha boca; eu ainda estava de castigo. A pílula continuava alojada na minha garganta, e precisei juntar toda a saliva possível, mordendo minha língua seca de medo, para poder engoli-la. Eu não conseguia parar de pensar no meu gato, para quem eu dava comprimidos exatamente daquela forma. Nunca mais, pensei. Dou outro jeito.

Eu olhava para ele lívida, arfante. Ele me fez abrir a boca e mostrar todos os recônditos da língua. Desta vez, bastou uma ordem para eu obedecer.

— Melhor que morrer, não é? — disse ele.

Eu já não conseguia disfarçar meu ódio.

— Aquilo não era Rivotril — eu disse entredentes.

— É similar.

— É o seu primeiro hoje? — perguntei, sabendo que não era.

— Sou um homem grande. Preciso de dois.

Me ergui devagar do chão e fiquei sentada no tapete, encostada no sofá. Sentado ao meu lado, ele parecia totalmente relaxado, apesar de quase ter me matado por asfixia mecânica há meio minuto. Isso me fez ter certeza de que tínhamos engolido um sedativo diferente do Rivotril. Um que, se você resistisse ao efeito hipnótico inicial, te dava uma grande paz e depois te deixava doidão. Alucinações e sonambulismo bizarro, além de assaltos à geladeira, direção perigosa, chamadas telefônicas comprometedoras e sexo. Depois, uma deliciosa amnésia que era invocada em tribunais como atenuante para todo tipo de crime. Davi tinha tomado um comprimido, resistido ao sono, feito pão com manteiga para a gente (mais para ele), e agora tomado outro. Merda. Se eu soubesse antes que tipo de comprimido ele havia tomado, eu teria preferido sentar com ele no sofá para uma conversa tranquila, em vez de correr o risco de ser atacada por aquela faca com a qual ele preparou nossos sanduíches na cozinha.

— Sabe, Viviana, pensei agora que tinha um jeito mais fácil de você não fugir. Era só tirar a roupa toda. Se você ficasse nua, nem ia precisar tomar o remédio, porque não ia poder fugir. Como a gente é burro, né? — Ele deu risada. — Nem pensamos nisso.

Fale por você, colega, pensei. E agora eu, meio sabendo o que tinha tomado, analisava minhas opções. Não podia ir ao banheiro vomitar. Não podia me deixar levar pelo sono e dormir antes de Davi, de jeito nenhum, não com ele falando em tirar minha roupa. Eu precisava resistir ao sono, mas também não a ponto de ficar tão chapada que resolvesse fugir de novo, o capanga esperando para me matar assim que eu pusesse o pé fora da casa. Precisava resistir ao sono até Davi dormir. Aí eu dormiria também, ali mesmo. Essa era minha única opção. No entanto, ele insistia em tagarelar sem trégua. Sem dó.

— Viviana, não sei como você se sente sobre filhos. Pretende ter ou não? E quantos?

Enquanto eu pensava de que maneira responder àquele despropósito, ele respondeu por mim.

— Porque a única coisa que eu faço questão é de não ter filho. Filho, não.

No entanto, ele não quisera usar camisinha no segundo round do nosso encontro meses antes. Eu, óbvio, não tinha deixado. Além do mais, aquilo não era um relacionamento. Era uma loucura, nada fazia sentido e ele continuava falando, jogando mais e mais palavras em cima de mim, eu tateando no escuro em busca do fio da meada... sentindo as pálpebras pesarem... sem saber o que mais responder, mas também sem poder deixar de responder, ou eu podia cair no sono antes dele e ser estuprada, ou ele poderia ficar ofendido e me agredir de novo. Eu não podia ser um tédio nem para mim, nem para ele. O tédio era um grande perigo em se tratando de sultõezinhos. Era preciso engoli-lo e guardar para mim — outra habilidade da profissão, pensei, e achei engraçado, e sorri. Ele pensou que eu tivesse achado graça no que ele havia acabado de falar, que era:

— Você vai adorar andar com a gente. Não suporto mais mulher burra, que posta foto de biquíni com versículo. Vamos viajar muito juntos. Não tô falando deste tipo de viagem, claro, haha. Se bem que eu sou louco pra tomar ayahuasca... Você já foi pra Amazônia?

Eu entendi o que estava acontecendo: Davi também queria que eu dormisse antes dele. E era mais resistente do que eu. No entanto, ao resistir ao sono, ia ficando mais chapado, e cada vez mais desconexo. Eu tentava debochar dele na minha cabeça, mas não era o suficiente para me manter acordada. De repente tive medo de ele achar que estava sendo perfeitamente lógico enquanto alucinava, sei lá, que eu pretendia matá-lo e que por isso ele deveria se adiantar a mim. Fui ficando cada vez mais ansiosa enquanto o ouvia falar em "males que vêm para o bem", que estávamos ali em circunstâncias muito estranhas, mas que um dia nós dois íamos olhar para trás e dar muita risada daquilo, e aliás eu já tinha assistido *How I Met Your Mother*? Era uma série, explicou ele.

Não, mas já assisti *How I Met Your Motherfucker*, pensei.

Acho que sem querer acabei falando alto o que pensei, porque lembro dele me questionando, repetindo a frase que eu tinha pensado. Não sei se levou a mal ou se riu. Depois acho que o sono me venceu, ou a amnésia apagou tudo, porque só lembro de fragmentos. Acordamos deitados um nos braços do outro, com César dizendo "Bom dia, pombinhos" ao passar pela sala com várias sacolas brancas de plástico em direção à cozinha. Eu me sentia quase feliz por estar viva.

Então desci a mão pelo corpo e vi que estava sem calcinha. Gelei.

— Ora, ora — disse César, voltando logo em seguida, nós dois ainda acordando, procurando nossas roupas. — A biscate aí é boa mesmo, hein?

— César, vai passear, vai — disse Davi, aborrecido, mas, percebi, com um pouco de orgulho na voz.

— O troco — disse César, entregando a Davi um bolo de notas. Eu tinha me escondido com uma almofada, e só por isso evitei que César me visse nua, porque ele tentou espiar sem o menor disfarce.

— Você sabe ser bem vulgar — reclamei.

— Olha quem fala — ele devolveu.

— Sai daqui — eu disse.

— Já virou patroa? — Ele ergueu as sobrancelhas, meio rindo. — Nossa, recorde mundial.

Davi disse para César ficar quieto e o mandou embora, dessa vez com ar sério.

— Desculpa — Davi disse, se virando para mim. — Ele é um peão, né. Um xucro. Mas de bom coração, superleal. Vai levar tempo pra ele se acostumar. Uma hora ele amolece com você. — E Davi me olhou embevecido.

Será que com isso ele queria dizer que eu estava entrando para a família? Corri para o banheiro, fechei a porta e me examinei entre as pernas. Tive um flash de estar estendida sobre o encosto do sofá, cabeça para trás, sendo chupada e adorando, justo eu, que não gostava de receber sexo oral. Não encontrei sêmen dentro de mim, só lubrificação, e culpa: eu não tinha conseguido resistir aos dez miligramas de puro esquecimento farmacológico. Minha calça estava largada perto do box molhado, a toalha de rosto úmida e estendida nele; pelo visto eu a tinha usado para me secar. Não me lembrava de nada. Talvez tivesse tomado outra pílula, ou outras, depois do primeiro apagão. Eu tinha sido estuprada, e apagado os vestígios eu mesma, sonâmbula. Não sabia onde estava minha calcinha, e não ia procurar. Fiquei segurando minha calça pela barra não sei por quanto tempo, fora de mim, até que enfiei o pé num dos buracos da calça, depois o outro. Puxei o zíper, abotoei o colchete e fui atrás de um café.

Encontrei Davi numa atividade intensa: reduzindo o grão a pó num moedor manual, filtrando-o num suporte japonês de vidro e servindo o resultado numa canequinha de lata. Não fazia nem doze horas que eu estava ali, mas parecia muito mais.

Assim que o cheiro de café me encontrou, saí um pouco do transe e comecei a pensar de novo com alguma clareza. Primeiro, senti raiva de mim. Antes de apagar, chapada, eu tinha ido tomar banho, em vez de procurar as chaves das gavetas proibidas, um celular, uma arma, qualquer coisa. Enquanto esperava Davi me entregar a caneca de café, percebi: César não tinha sido só vulgar; tinha sido hostil comigo mesmo depois de ter visto que Davi e eu tínhamos transado. Ora, não era o que ele queria? A felicidade de seu patrãozinho, mesmo que fosse com a biscate que dava trabalho? Pelo jeito, não. Havia algo mais. César era um cara complexo.

Já Davi era como uma cebola: quanto mais camadas eu descascava, mais do mesmo eu encontrava. Era impressionante. As profundezas da superficialidade dele. Queimei os lábios com o café quente e deixei escapar um grito.

— Cuidado! — ele disse, aborrecido como um pai cuidadoso, tomando a caneca da minha mão. Porém, conforme o plano, se preocupando comigo. Santo anjo do senhor, meu zeloso guardador.

Toquei meus lábios, dizendo que não era nada sério. Ainda assim, ele fez questão de untar meus lábios com manteiga.

Eu o atiçava a sair da sua passividade me fazendo de vítima orgulhosa. Orgulhosa demais para pedir ajuda, teimosa demais para aceitá-la quando oferecida. Assim, eu me humanizava a seus olhos, e ele saía com a autoestima reforçada. Ao pensar que eu não sabia o melhor pra mim e decidir em meu lugar, ele se sentia capaz, poderoso, um cavalheiro. Isso casava com sua narrativa interna sobre nós dois: de que só ele sabia do que eu precisava (incluindo dele mesmo) — e essa confirmação "concreta" de suas ideias devia lhe causar um imenso prazer. Ao passo que, se fosse eu a pedir ajuda, mesmo que visivelmente precisada, viraria uma chata, perderia o encanto. Era preciso pedir, mas sem pedir.

O que eu também cismava em querer entender era: por que eu? Não tinha uma puta cult mais branca para ele se apaixonar, não? Seria Davi como o cara num bar de putas que resolve flertar com a bartender, a recepcionista ou com a puta mais feia, ou a mais desinteressada, ou com o pão-com-ovo que varre o salão? Como todos os homens do tipo, ele talvez pensasse que seria digno de um prêmio por ter uma quedinha pela dificuldade e pelo diferente. *Eu quero essa mulher assim mesmo*. Ele quer a figurinha rara, a peça mais difícil, a beleza que os outros não são capazes de ver. E se dá um tapinha nas costas por isso, pois, além do mais, está fazendo um favor tão grande para ela... E o que um homem assim jamais perceberia era que qualquer puta logo sacaria o tipo dele e, se fosse competente, saberia também criar a ilusão de uma dificuldade gradualmente vencida, de uma conquista, até fechar o programa.

Era tudo isso e ainda a vontade de ostentar: desfilar por aí com sua conquista exótica, exibi-la como um troféu. *Olha o que eu achei. Ninguém mais tem.*

Nossa dupla trepada de meses atrás tinha sido boa, eu meio mandona e misteriosa, descomplicada mas não facilitando demais. Fui uma boa má selvagem. Ele viu uns vinis, uns games e uns livros grossos na minha estante, fez perguntas e eu demonstrei que conhecia, sim, tudo aquilo. Eu tinha *conteúdo*. Eu o *impressionei*, o que não era fácil. Eu era um objeto raro, e ainda fiquei de inatingível quando não quis vê-lo de graça. Me tornei irresistível para ele.

Ele deve ter levantado alguns poucos dados sobre mim e teve certeza de que já era especialista em mim. Na sua opinião, eu merecia compartilhar a vida dele. Só restava *eu* perceber o quanto éramos perfeitos um para o outro, o que aconteceria mais dia, menos dia, pois eu era uma garota *inteligente*. É. Sem querer eu tinha assoprado um baita apito de cachorro pra esse cara, e agora ele queria grudar, andar comigo, viver uma fantasia de alma gêmea. Mas não uma fantasia a dois: devia ter umas dez pessoas atrás da nossa cama. Ele me via como uma mistura de Sasha Grey com Mia Khalifa para exibir pros amigos paulistas e agroboys, para o papai, e até para César, e matar todos de inveja com sua afirmação de masculinidade. Olha o que ele tinha conquistado. E olha como ele era magnânimo: nem se importava de eu ser "exótica" e um pouco mais velha. Queria casar com a minha diferença e até com o fato de eu ser carioca, meu sotaque. Seríamos um casal-grife, planaríamos na nossa própria imagem dupla espelhada.

Lágrimas começaram a escorrer pelo meu rosto, não pelo motivo que ele imaginava, mas funcionou da mesma forma. Davi interpretou meu choro como fragilidade feminina, emoção incontida. Enfim eu estava disposta a largar aquela vida.

— Você tá feliz? — perguntou pegando na minha mão.

Fiz que sim com a cabeça, chorando mais forte.

Enxuguei as lágrimas. Como tantas mulheres, eu acabava fazendo sala para o meu estuprador, um sorriso de medo colado na cara. Naquele momento, eu desejei nunca ter cruzado com um homem. Queria largar todos eles, mais do que nunca. Mas como, primeiro, me livrar daquele homem específico? A palavra "não" estava fora do reino do concebível para ele, e era compreensível: à luz da manhã, Davi era mesmo muito bonito, era preciso reconhecer. Além disso, tinha pau grosso, muito dinheiro e trepava bem. A louca era eu, que não queria isso.

De certa forma ele se parecia comigo: preso na própria cabeça, obcecado por café e livros. E eu ainda captava algumas emanações bissexuais nele. Mas a soma dessas coisas não dava em uma pessoa pra andar comigo, pra viver junto, por quem me aposentar da profissão. Quem sabe ele nem se importaria que eu continuasse vendo a Grazi... e eu seria rica, pensei. Mas não. Não me interessava mesmo. Me dava asco. Tédio extremo. Tédio *talk*.

Se o plano dele era que eu consentisse em ficar a seu lado como uma namorada comportada, aproveitando sua riqueza, não estava dando certo. Mas eu agia como se estivesse, e Davi estava gostando. E era isso, estranhamente, que parecia estar deixando César de mau humor. Minha tese agora era de que César estava querendo me executar desde ontem. Se a questão fosse só acabar comigo ele podia ter feito isso quando me pegou, num matagal qualquer. Mas tinha se dado ao trabalho de me trazer até Davi antes. Será que ele queria *convencer* Davi a deixá-lo me matar? Mas por quê?

Parecia uma espécie de ciúmes. Passou pela minha cabeça se ele não teria uma paixão recolhida pelo filho do patrão. *O segredo de Brokeback Mountain*. Será?

Peguei uma maçã suculenta na fruteira de centro de mesa e comecei a comer enquanto pensava a respeito. Não, eu não imaginava nem um nem outro se deixando levar por sentimentos desse tipo. Homens reprimem essas coisas o mais fundo que conseguem. A explicação da atitude hostil de César comigo devia estar em alguma diferença no modo de pensar dos dois, alguma diferença mais profunda que a relação patrão e empregado camuflava.

Lembrei do site Jerimum Selvagem. Como Léo e Walter estavam distantes naquela gravação! Léo estava do meu lado, e Walter não. Depois que expus o site por racismo, mesmo brigados, os dois se uniram e se defenderam. Eu virei uma rival, e com isso eles se uniram. Contra mim.

Essa lembrança me ajudou a entender o que poderia estar por trás da situação de agora. O plano extraoficial de César era diferente do de Davi. César não queria que eu fosse a namoradinha resignada do patrão; queria que eu me mostrasse rebelde, para justificar a violência que faria comigo. E queria que Davi participasse. Queria que ele aprendesse *como se trata uma mulher*.

Percebi que eu não era tão especial assim nesse enredo. Não era sobre mim. Qualquer mulher poderia ter sido tragada para aquele problema como um meio de saná-lo. Mas no que me dizia respeito *era* sobre mim, porque meu corpo é que estava ali, contra a minha vontade, mediando a coisa alheia. Eu era o altar e o sacrifício.

Minha raiva cresceu. Eu mastigava a maçã no ritmo do ódio, estalando a fruta e a mandíbula. Nem meu sequestro dizia respeito a mim. Até ali eu era um objeto. E sem ser paga! Está certo que nenhum relacionamento nunca é exatamente sobre a outra pessoa, mas aquilo já passava demais do limite. Ninguém ali queria resolver seus problemas usando o próprio corpo. Sem precisar dar nenhuma ordem, Davi tinha mandado César, que vivia para fazer suas vontades e para protegê-lo da realidade, me raptar. Davi tinha problemas em ser tão dependente, tantos problemas que nem fora capaz de pedir àqueles de quem dependia que lhe satisfizessem o desejo de me ter por perto, para que ele verificasse se eu era mesmo a mulher da sua vida, ou pelo menos daquela fase da sua vida. César, em parte, representava o interesse da família, que acreditava que a função de toda esposa era substituir aquela dolorosa autorreflexão por que um cara como Davi teria que passar para sair da inércia e realizar seu potencial, que, é claro, era incomensurável. Se eu topasse o teatrinho, eu funcionaria como uma medida de contenção dissimulada para o "menino" problemático, uma terapia em forma de mulher. Uma psicóloga não remunerada, porque pagar para falar com uma, ah, isso seria indigno.

Acontece que, para a família, eu não servia para esposa. Eu não só era garota de programa, como também rebelde demais, e cabocla. Que eu servisse de lição, então: eis o que acontece quando você vai atrás de mulheres voláteis de coração aberto. Elas se revoltam contra o seu afeto, não dizem amém. Não reconhecem o seu amor, porque a natureza delas é ruim. Eu era descartável: me matar não traria grandes consequências para uma família poderosa. Davi viraria cúmplice ao consentir que César me matasse e entenderia de vez como uma esposa deve ser: dócil e padrão. *Mulheres como essa não se levam para casa, você pode tê-las na rua; sua esposa dócil vai fingir que não vê.*

Era horrível pensar assim. Eu tremia, bebi um copo d'água devagar para disfarçar. Estava ali para ser morta e tornar aquele garoto um homem, no pior dos sentidos. Não era apenas César quem tinha seu próprio plano dentro do plano, pensei: o pai dele talvez estivesse a par do meu sequestro, acompanhando tudo à distância. Se eu fingisse doçura e amor à segunda vista por Davi, não daria a César motivo para me matar, e teria uma chance de segurar as pontas até alguém me resgatar. Era nisso que eu precisava mesmo apostar.

Entabulei uma conversa com Davi, querendo me mostrar interessada pela personalidade dele. Era difícil, porque as coisas que eu perguntava tendiam a deixá-lo na defensiva, mas acabei conseguindo extrair dele que odiava rodeios, leilões de gado e afins. Gostava de animais, por isso não queria que eles sofressem, ou, como disse, sofressem "o menos possível". Naquela fazenda ele tivera seu primeiro cachorro. Era sócio do Jockey Club, apostava em turfe e tinha um cavalo todo preto chamado Beltenebros, mas esse tinha sido um interesse mais de adolescência, que já vinha se esvanecendo. No fundo, ele confessou, rindo, detestava aquele cheiro de bosta. Agora estava tentando se estabelecer como produtor de café especial, a partir de pequenas safras-teste. Suas primeiras plantas iam começar a produzir em breve naquela mesma fazenda em que estávamos, que tinha sido de seus avós. Eu nunca tinha plantado café, mas comecei a falar com ele das minhas plantas. Contei que eu tinha uma varanda grande cheia delas e uma estufazinha com *sinsemilla* na área de serviço de que eu estava aprendendo a cuidar, querendo que ele tivesse algo para me ensinar e, assim, mais uma vez, se sentisse conectado comigo — e, ao mesmo tempo, superior a mim. Porém, logo percebi que ele não tinha a menor intimidade nem com agricultura nem com jardinagem. Somei dois mais dois: César, que morava na fazenda, é quem devia cuidar de tudo. No máximo, Davi teria escolhido o tipo de café a ser plantado no clima e na altitude da região e largado as sementes com César. Depois teria supervisionado os empregados de longe, mãos na cintura, enquanto eles coveavam o local das mudas. Papai pagava tudo, inclusive o apartamento em São Paulo para o qual ele voltava depois.

Resolvi puxar um assunto sobre o qual com certeza ele teria o que dizer.

— E como é seu plano de negócios?

Sem nenhuma surpresa, nesse caso ele abriu as comportas. Enquanto eu prestava atenção pela metade ao que ele dizia, estudava a nova imagem que me ocorria sobre os dois. César e Davi eram como o líquen no tronco de uma árvore: organismos operando juntos, em simbiose. A alga e o fungo. Um era a parte ativa da relação, protegendo-a de ameaças externas e consumindo açúcar; o outro, passivo, era um organismo dependente, mas que fornecia o alimento de ambos — por fotossíntese, para não ter que se mexer. No entanto, através da parceria com a alga, o fungo podia mais. Vivia mais e melhor. Curioso como os botânicos ainda não sabiam afirmar, até hoje, quem era o mestre e quem era o escravo naquela relação. Ou se esses papéis sequer existiam.

Percebi que eu só poderia sobreviver se me colasse a Davi. Nada de pedir o tour da casa, da fazenda, nada de perguntar mais sobre a família dele, como cogitei. Nada de agito. Eu teria que ser o líquen do líquen. Se eu causasse muita alteração, o capanga teria a desculpa para me considerar uma ameaça e me eliminar. Era o que as nossas interações, até o momento, me indicavam. Toda vez que fiz algo ativo, fui atacada. Eu precisava me mimetizar. Eu ia ser a costela de Davi.

Não havia televisão e, embora houvesse um rádio, pressenti que qualquer emissora que pegasse ali não seria do meu agrado. Um roteador novinho em folha piscava suas luzes na parte baixa de um móvel, e era de lá que Davi tirava sua internet. Não havia revistas nem jornais também.

Havia uma estante rústica cheia de livros clássicos, científicos e de negócios. Por demandarem tempo e quietude, livros sempre acabam gravitando para a casa de campo de qualquer família que tenha uma, e aquela não era exceção. Me aproximei da estante e a inspecionei com atenção. Escolhi *Niétotchka Niezvânova*, um épico de Dostoiévski que eu tinha, mas nunca havia lido. Espanei um pouco da poeira de cima com a mão. Sentei ao lado de Davi, que estava lendo. Ele reparou na minha escolha.

— É bom esse. Já li — disse.

Ele lia uma edição de luxo da *Odisseia*, em nova tradução para o inglês. Tradução assinada por uma mulher. Ele não me disse isso, eu descobri lendo na capa. Não que ele não estivesse morrendo de orgulho de sua escolha; é só que seria de mau gosto esfregar na minha cara, e ele tinha se treinado a vida toda para refrear a autopromoção descarada. Porém, estava liberado o elogio condescendente para o *meu* bom gosto; eu devia me sentir lisonjeada.

Pelo jeito, o tempo ia fluir sem celulares, sem mídias, sem som. Davi mal checava o telefone, me disse que não estava em nenhuma rede social, achava-as uma palhaçada; eu podia dar adeus à esperança de que ele postasse alguma coisa que talvez levasse alguém a mim. Ele dava uma sumida e esperava que os amigos sentissem sua falta, como se estivéssemos em 1992. Ou nem tanto, pois ele estava em um grupo de WhatsApp que se orgulhava de "olhar pouco" (tinha olhado durante o café). Davi lia de verdade, é preciso dizer: era capaz de uma concentração rara. Só que isso não o salvava, porque não fazia bem para ele ler aquelas coisas. Certas pessoas não podem com ficção, seja qual for a forma.

A falta de autoconhecimento dele me admirava e revoltava, pois lhe proporcionava total liberdade de ação, sem autoquestionamento. Ele era livre para ser horrível. Vivia sozinho com seus pensamentos, fruindo obras literárias e ainda assim não se conhecia. Eu lia para escapar de ser tragada pela minha mente, e isso acabava se voltando contra mim, fazendo eu me conhecer cada vez mais, e entender os outros e as relações humanas. Já Davi lia para não ter que pensar em si mesmo, para não ter que retornar à própria vida. No fundo ele devia saber que não tinha para o que voltar. Navegava por superfícies, até mesmo a minha. Havia gente assim. Lembrei de um professor da faculdade contando que as pessoas em que Tchékhov se inspirara para escrever *O jardim das cerejeiras* estavam na estreia da peça, e não se reconheceram no palco. No fim, ainda foram dar os parabéns ao autor. Era bem por aí.

Estava sendo difícil para mim ler com a raiva e com a dor que sentia, e sentada, sempre nessa posição. Olhei para os novos roxos que adornavam minhas canelas, harmonizando com os arranhões e hematomas do rapto. Passando a mão direita no ombro e na nuca doloridos, eu os senti também duros e inchados e, erguendo devagar o braço esquerdo, vi na parte de baixo dele a teia de arranhões da minha fuga frustrada. Por algum milagre, mesmo com puxões, soco no estômago, quedas de diferentes ângulos e alturas, eu não tinha quebrado nada: comer iogurte todo dia compensava mesmo? Talvez algum osso estivesse trincado ou luxado, mas pelo menos não me incomodava, e eu continuava viva.

Como quando eu era criança, brinquei de apreender a passagem do tempo, flagrar o andar do sol pelo movimento ínfimo e lento do quadrado de luz que entrava pela janela. Reduzida agora ao mínimo essencial, à chama piloto, eu podia sobreviver como uma planta no inverno glacial. Podia bloquear as emoções, fingir que nada estava acontecendo comigo, que eu podia ficar sentada ali, a bela selvagem, lendo ao lado de um rapaz de beleza andrógina num ambiente pastoril, e quem sabe me tornar sua bela dama. Eu me perdia por todos os lados, e o importante era mesmo me perder. Eu percorria *Niétotchka Niezvânova*, absorvendo-o mal e mal, mas quando conseguia prestar atenção me via lá dentro, na infância difícil no interior da Rússia, de uma serviçal ainda menina, sem escolha. Não era o meu problema, mas eu o transformava em meu, e com isso me desfiliava de mim. Virava a página. Olhava para Davi. Inspirava, expirava. Continuava vivendo.

Davi sentiu fome e me fez ir à cozinha com ele; logo levou à mesa dois sanduíches de atum e quatro guardanapos. Mastiguei o primeiro pedaço de pão com pasta de atum e maionese light que meu captor havia preparado e me lembrei da frase do *Pequeno Príncipe*: "És responsável por aquilo que cativas". E eu estava em cativeiro, um animalzinho. Ele tinha que cuidar de mim. Se me soltassem na natureza eu não saberia mais me cuidar? Lembrei de agradecer pelo almoço, ele ficaria ofendido se eu não agradecesse.

— Obrigada.

— Por nada, Vivi.

Após o almoço voltamos à sala. Ele se serviu de um uísque *single malt* com duas pedras de gelo e o tomou pausadamente num copo de vidro. Ele tinha me oferecido um também, mas recusei. Depois me arrependi: a bebida podia ter apaziguado as dores que eu sentia pelo corpo. Então pensei que me oferecer o uísque podia ter sido um teste, que ele não queria que eu aceitasse um destilado tão forte, não queria uma mulher bêbada ou viciada em remédios em casa. Só ele podia ter seus vícios, prerrogativas dele.

Ele tinha a expectativa não só de estar junto comigo, mas também de *vivermos* juntos. Conseguiríamos atravessar um dia inteiro de convivência doméstica? Será que eu me rebelaria de novo? Um desafio. Pensei naquela casa de facas trancadas e imaginei a avó dele sentada na sala de estar, cancelando alguns compromissos ao telefone, para não mostrar a cara marcada de ter apanhado, e num pequeno Davi entendendo, pouco a pouco, por que a vovó não tinha ido andar a cavalo naquele dia, justo ela, que gostava tanto. Ou então a mãe dele, de óculos escuros, chegando às pressas da capital com o pequeno Davi e o motorista, para permanecer na fazenda até seu rosto desinchar. Primeiro você apanha, depois se esforça para esconder. Com o tempo, talvez você encontre algum vício secreto para se consolar. E seu filho ou neto ficam entendendo como funciona.

Imaginei que Davi queria fazer o mesmo comigo, me guardar e depois soltar, como uma commodity estratégica. Talvez ele tivesse tirado a ideia da própria história, da própria família. Mas na opinião dessa família, com certeza eu não servia para esse papel. Eu concordava; só não queria morrer por isso.

Às vezes eu o flagrava me admirando por cima de seu livro pela minha visão periférica, sem demonstrar. E ele se demorava na olhada discreta, como se estivesse me avaliando, examinando em minúcia minha beleza, para se convencer de que todo o trabalho valera a pena, que não se enganara, que aquela mulher era bonita mesmo, por dentro e por fora, que ela ia se redimir, que a presença dela lhe traria conforto em vez de intimidá-lo. Até ali, eu estava passando no teste. Nem meus arranhões, hematomas e falta de maquiagem cortavam o feitiço; talvez até lhe dessem certa nostalgia das mulheres alquebradas de sua família, e quem sabe ele estivesse pensando que finalmente havia encontrado uma candidata a esposa. Era de dar calafrios imaginar algo assim, e no entanto eu não conseguia deter esses pensamentos e entrava neles cada vez mais fundo.

Quando transamos pela primeira vez, eu tinha sentido tesão, gozado, e ainda por cima faturado em cima dele. Porém, se eu tivesse esperado qualquer coisa além disso, teria tido uma grande decepção. À primeira vista, a aparência ensolarada de Davi parecia prometer uma felicidade burguesa, ainda que semirrural: passeios bucólicos a cavalo, luxos de todo tipo, viagens à Europa, bolsas de marca. Depois de dormir com ele, uma safada mais ingênua poderia, por sua vez, fantasiar boemias sem fim, de boates a iates, diversão *ad aeternum*. Mas na verdade o príncipe estava mais para conde Drácula, e não gostava de sair de casa nem da própria cabeça, onde era rei. Nem mesmo para um banho de sol. Bem, de qualquer modo nada daquilo teria me interessado.

Quando ele foi se servir de outra dose, lá pelas três da tarde, aceitei uma também, mas de bourbon. Eu o acompanhei à cozinha e o vi tirar um pequeno molho de chaves do bolso, destrancar a despensa, grande como um closet, e abrir uma garrafa de bourbon só para mim. Enquanto bebíamos à mesa da cozinha e conversávamos sobre os livros que estávamos lendo, vi de relance uma cabeça nos espiando pela janela. Gelei, dei um grito. Davi olhou depressa para a janela, mas não viu ninguém.

— Eu vi uma cabeça ali — eu disse.

— Devia ser o César.

E era mesmo. César deu a volta, entrou na casa pela sala e veio falar com a gente.

— Tudo bem por aqui? — perguntou a Davi.

— Tudo certo — respondeu Davi.

César me lançou sua olhada antipática, se despediu de Davi com um gesto de cabeça e saiu. Ele deve ficar rondando a casa o tempo todo, pensei. Não estávamos sozinhos. Nunca tínhamos estado sozinhos.

Davi indicou que era hora de voltarmos para a sala. Quase não consegui obedecer. Depois do bourbon e do susto com a aparição de César, eu estava mole, anêmica. Agora eu sabia que toda vez que César desse as caras, seria para tentar me matar, se achasse uma brecha. Já na sala, recusei aquela letargia, me convencendo de que eu já tinha decantado o trauma. Hora de agir, pensei.

E, como se estivesse esperando apenas minha própria autorização para prosseguir, meu olhar se cravou numa lombada inteiramente branca na base da estante de livros. Branca e curvada e alta, tomando toda a altura entre as tábuas de pinho. Levantei e fui até a estante, fingindo inspecionar os títulos nas prateleiras até me deparar com aquela encadernação distinta, e pegá-la para ver. Davi me olhava, curioso. Como quem não queria nada, abri a capa florida e plástica na qual estavam impressos os dizeres MINHA FAMÍLIA e comecei a virar as páginas grossas do interior daquele álbum de fotografias — copyright 1983 — de Marsina P. G. Santos Rodrigues, conforme anunciado na primeira página.

— Você sabia desse álbum? — perguntei, me sentando ao lado de Davi.

— Nem lembrava da existência dele. Devia ser da minha avó.

Fotos de colheitas, de rabanetes, tangerinas e café, eram uma constante. O fruto da terra. Bebês também: filhos perfilados em escadinha, primos no alpendre, as crias dos empregados já ajudando na cozinha e na colheita. Marsina às vezes deixara anotações atrás das fotos, com letra rebuscada. De vez em quando Davi tecia um comentário. Olha o primo Genaro, novinho. A Carol neném, nossa, não acredito. Que cabelo é esse, Berê! Nossa, meu vô ainda era vivo, muita saudade, fechadão, mas me adorava. Olha a mamãe. Olha eu.

— Um querubim — eu disse.

— Um capetinha — ele corrigiu.

Sua mãe, como eu tinha imaginado, era loura, e realçava o cabelo com ondas iluminadas à la Farrah Fawcett, substituídas, algumas fotos adiante, por uma permanente. O pouco que o avô aparecia era quase sempre lendo jornal, todo gomalinado e carrancudo, Marsina a seu lado muito arrumada, mostrando todos os dentes. E, enquanto Davi se entusiasmava com as próprias memórias, atentei para as fotos dos empregados da família. Uma mulher negra de meia-idade, cabelo acinzentado sempre preso com lenço, estava em várias fotos, às vezes com crianças em volta. Devia fazer a limpeza e cozinhar. Em uma fotografia posada ao lado de um tanque de roupas e do varal, ela aparecia com outras crianças: *Tetê com os filhos* — 1987, escrevera Marsina atrás da foto. Eram todos já grandes, menos um menino baixinho e mais claro do que os irmãos. Um filho temporão, talvez concebido com uma pessoa diferente, um homem mais claro, eu pensei.

— É o César? — perguntei, apontando para o menor.

— É! Nossa, depois vou mostrar pra ele.

Em troca das migalhas de aceitação que de vez em quando lançava a César, Davi acreditava que o empregado era seu amigo. Já eu... Bem, agora pensava na possibilidade de César ser filho ilegítimo do pai de Davi, uma besteira cometida na adolescência que ele talvez tivesse ficado com medo de contar ao pai — o tal avô "fechadão" de Davi. E seria por isso que César ficava. Mas como ele ficava? Odiando o falso primogênito em segredo? Querendo matá-lo? Extinguir sua concorrência? O líquen se grudava à árvore genealógica com força, mas não podia matá-la, pois seu sustento dependia dela. Mas a metáfora se estilhaçou, porque, se isso fosse verdade, o líquen *era* a árvore, e poderia perfeitamente podar outros ramos e continuar subsistindo. Noutras palavras, César, se quisesse, poderia meter um teste de DNA.

Não comentei nada. Davi me perguntou por que eu tinha ficado quieta, em que eu estava pensando.

— Na minha irmã — respondi. — Ela está cuidando da minha casa e eu devia ter voltado hoje. Ela pode ficar preocupada se eu não der notícias.

— Por que não disse antes? Vamos resolver.

Decidimos usar o celular dele para mandar uma mensagem para o número que ditei, dizendo: "Oi, Lucy, aqui é a Vivi. Vim para a fazenda de um amigo, e o sinal do celular não pega bem aqui. Volto na segunda. Cuida do Josefel até lá, por favor? Bjo, Vivi". Combinamos que, se ela respondesse, Davi ficaria "sem rede" e a deixaria no vácuo. Ela não respondeu na hora, ou talvez o sinal ali fosse ruim mesmo, mas por fim Davi sentiu um tremor no bolso e me mostrou a resposta: "Entendido, bjos".

Agora há pouco guardei o álbum de novo na estante. Reabri o livro onde tinha parado e Davi também. Mas não estou mais lendo, na verdade. Percebo que deve fazer quase vinte e quatro horas que fui sequestrada. Será que estão me procurando? E desde quando? Fico rememorando cada coisa que vivi, tudo o que passou pela minha cabeça, tudo o que fiz e que foi feito com o meu corpo, enquanto o sol vai baixando cada vez mais, projetando formas oblongas na sala. Davi não me convida para ir a lugar algum, não me convida para ir ver o cafezal, respirar um ar fresco, ver o pôr do sol, nem para um tour pela casa. Eu que me vire para me adaptar a ele — eu, sua pretensa alma gêmea. Mas já entendi como a banda toca por aqui. Não posso reclamar. Fiz as minhas apostas e paguei por elas; estou fazendo o melhor possível nas circunstâncias. Estou alimentada e hidratada e o convenci, mal e mal, de que eu sou um ser humano, uma mulher redimível, letrada. Agora é seguir meu plano de ação, ou melhor, de inação. Davi pensa que está tudo bem. César continua querendo uma desculpa para me matar, pois sou um problema e Davi precisa aprender isso. Eu ainda não estou em paz com a ideia de morrer, especialmente morrer aqui, desse jeito, mas entendi o mecanismo geral da coisa, e, se César continuar sem conseguir impor sua vontade e nada mais der errado, talvez eu volte para casa com vida.

A sala começa a ficar rósea: é o sol se aproximando do horizonte. Meu primeiro dia de cativeiro chegando ao fim. Volto a ler, pensando que falta pouco para o fim do *Niétotchka*, mas — reflito —, como era um romance inacabado, eu nunca chegaria ao final. A luz descamba pelo espectro e Davi acende um abajur. Quando os móveis e as paredes começam a adquirir tons rubros, terrosos e, por fim, arroxeados, Davi se levanta para acender também a luz ambiente.

Ao voltar para o sofá de dois lugares, Davi olha para mim. Espera até eu olhar para ele, e, quando olho, ele afunda a mão no sofá e exclama:

— *Ta-dãã...*

E, com dedos em pinça, puxa do meio das almofadas do sofá uma calcinha violeta — a que eu estava usando ontem. Ele ri. Mesmo sem achar graça, sorrio. Ele se aproxima de mim — meu tronco se retesa, com uma pontada de dor — e me entrega a tanga, que seguro. Me olha com cara de quem vai perguntar "Que foi?", mas não diz nada. Me forço a parecer calma, porém pisco mais do que gostaria.

Até agora a mão de Davi resvalou em mim apenas para uma carícia, e para o tapa quando resisti à pílula, mas... Ele quer sexo de novo. Toca meu braço e me olha intensamente, esperando que eu corresponda a seu desejo. Como não antevi que isso ia acontecer? Ah, cristalizei a imagem dele como um cara passivo. Esqueci a face narcisista, o eu-mereço dele: se ele quer, eu também quero, óbvio, e aí ele não precisa fazer nada mais do que mostrar que quer, o que se encaixa em sua face passiva, a de nem se dar ao trabalho de caçar a fêmea. Caras muito bonitos e com a vida feita como ele nunca tiveram que se dedicar à arte da conquista, nunca precisaram parecer interessantes ou correr atrás — mulheres já se jogam neles —, então não são nada sutis ou hábeis. Às vezes até trepam bem, porque isso pode ser inato ou vir com a prática, e quem está nesse perfil tem fartas chances de praticar. Eles acabam tendo quase tudo, e querendo o pouco que não têm a qualquer preço, pois pensam: posso pagar. O mundo não é justo.

Não é justo também que ninguém consiga fazer valer seu *não* para esses caras, acostumados a faturar todas e tudo. E se eu disser não? Um não definitivo, o "não mais", o "nunca mais", o você estragou tudo, me raptou, me violentou, não adianta negar, eu sei porque estava lá, mesmo dopada, e mesmo antes, quando eu só te quis por dinheiro e tesão, e nunca pela companhia. Eu estava lá o tempo todo. Sou minha testemunha, em pessoa. Mesmo assim, caí no pensamento mágico de não acreditar que podia acontecer de novo. Agora eu preciso fingir aquiescência e não estou preparada. Se eu tomar essa atitude, negar o que ele quer, serei obrigada a dizer por quê, e para Davi só vai haver um jeito de apagar a vergonha de ser acusado de sequestro e estupro: deixar César desaparecer comigo. Reescrever a história, apagando uma linha. Mas nada disso é necessário. Eu só preciso deixar, ele não vai ser violento se eu deixar. Baixo o livro e olho para ele. Ele me beija com intensidade e paixão, e esse seria o momento do filme em que a música subiria e eu me entregaria de bom grado ao milionário. Quem se entregou foi minha mente. Ela vai se dobrando feito um origami, cada vez menor e menor, e menor, até sumir. Talvez esteja segura em outra dimensão, como num filme B. Penso em tudo o que o ar supercomprimido pode fazer. Penso em vídeos de selagem a vácuo, em buracos negros. Pelo menos o silêncio está permitido, penso também, desgraçada. Não vou ter que emitir nenhum som. Na verdade, ele até vai gostar, concluo, perversa. Ele põe a mão dentro da minha blusa. De repente, dou um tranco: alguém rompe o silêncio com um boa-noite soturno.

Davi sai de cima de mim, contrariado, olhando por cima da minha cabeça e dizendo: "Que foi?".

É César, que o puxa de lado e diz alguma coisa em seu ouvido. Ouço Davi dizer: "Tem certeza?". Em seguida, ele olha para mim.

— Viviana — diz Davi —, você só tem uma irmã?

— Só uma — responde César. — A que postou isso aqui.

Davi pega o celular que César lhe estende. Não me mostram o que está escrito, mas presumo que seja um post dando pela minha falta. César vem para perto de mim com o braço atrás da cintura, puxando uma arma.

— Você vai fazer ou eu faço? — pergunta, olhando para Davi.

— Já falei, guarda essa merda, Cesinha.

— O seu Rodrigues vai... Você, quieta aí! — diz César me apontando um dedo em vez da arma. Eu paro de tentar me esgueirar. — O seu Rodrigues vai ter um negócio. Ele é cardíaco, você quer matar ele, Davi? Porra. Me fez catar essa puta de rua, trazer pra...

— Cala a boca! — eu grito, levando no ato um safanão de César. Davi segura o braço dele.

— Cala a boca você! — grita César, querendo partir pra cima de mim. Davi o segura.

— César, calma. Ela já mandou mensagem pra irmã. Agora ela está tranquila, vai apagar o post.

— Quê? — César se desvencilha de Davi. — Mandou mensagem?

— Pelo meu celular. Eu emprestei.

César respira fundo, cofia o queixo. Está se refreando para não reagir, para não chamar o patrãozinho de estúpido.

— Fui eu que digitei a mensagem — explica Davi, agitado. — Falei que ela está com um amigo numa fazenda e aqui não pega celular direito. Não dá nada, César. A irmã dela apaga o post, na segunda ela volta pra casa, normal, pronto.

César sacode a cabeça.

— Você é novo, Davi, ainda tem muito que aprender. Essa mulher tá te enrolando.

— Mas se ela voltar pra casa sem marcas, qual o problema?

— Tá na cara que ela não vai deixar quieto. Se ela não cala a boca aqui, vai calar lá fora?

Desta vez, Davi é quem se cala. César continua:

— Você não percebe que criou uma prova de que ela tá aqui? Além de te encalacrar, vai prejudicar tua família.

Davi continua calado. Olha de relance para mim, depois para o chão.

— Mas ainda tem jeito — diz César. — Se a única prova é o teu celular, a gente dá sumiço nele e diz que ele foi roubado, hackeado, qualquer merda. Eu desliguei o celular dela assim que peguei ela na estrada, e não liguei mais. Vi que não tinha câmera de segurança perto, a gente não foi filmado. Vocês não trocaram mensagem recente, né? — César coloca a mão esquerda no ombro de Davi e olha no olho dele: — Vai lá fora, me dá quinze minutos, que eu cuido de tudo.

Por um momento parece que Davi se rendeu, mas só por um momento.

— Para com isso, César. Puta que pariu!

Davi se interpõe entre nós outra vez. César já está de novo com a pistola na mão, pronta para um tiro a qualquer instante. Afinal, quando o mal já estiver feito, é só continuar. Brandindo a pistola atrás do corpo, César aponta com a cabeça para mim.

— O que foi que você viu nessa mulher, rapaz? Nem bonita ela é. Coisa mais feia. Nariguda. Vai trocar tua família por isso? Assim vai arruinar teu pai. Dá um passeio lá fora…

César caminha enquanto fala, procurando novos ângulos de onde me acertar com precisão. Sinto que estou prestes a perder a batalha. Preciso me salvar. Preciso sair da inação e dizer alguma palavra em meu favor.

— Davi, eu posso estar grávida.

Os dois olham para mim ao mesmo tempo e César é o primeiro a reagir:

— Do seu cafetão?

— Do Davi. A gente não usou camisinha ontem, e eu estou no dia fértil.

— Mas é muito sem-vergonha... — diz César, rindo. — Tá grávida nada. Tem nada aí.

— Encheu a boca pra falar de família — digo, tocando na minha barriga. — E se for família?

— É golpe. Filho de cadinho.

— Vai deixar ele falar assim, Davi?

— Para com isso — diz César. — Tem nem um dia. Nem pegou direito.

— E se pegou? — Eu me viro para Davi. — É seu filho.

— Vai sair feio igual a você — César diz para mim. E para Davi: — Vou te fazer um favor.

— Me dá isso — diz Davi, indo em direção à arma.

— Ele vai sair daqui e mandar em você — eu digo.

César levanta a arma contra mim. Por reflexo, me encolho, mas não há nada que eu possa fazer: ele dispara.

PARTE III

Lucinda

Aos poucos, Graziane consegue parar de chorar e explicar:

— A Vivi mandou a mensagem pelo celular de um cliente. Como se fosse pra você, só que para o meu número, sinalizando que está em perigo, impedida de se comunicar como quiser. Entendeu? Preciso que você olhe na planilha dela e me diga de quem é o número.

Lucinda vai até o carro e se senta no banco do carona com o laptop no colo.

— Achei. "Davi Agroboy". Não tem sobrenome. Mas...

— Eu sei quem é — diz Grazi. — Filho de fazendeiro. Eu atendia o pai dele faz um tempo. Ela deve estar na fazenda deles.

— Você sabe onde é?

— Sei. Fui várias vezes, o celular lembra onde é.

— Grazi... vamos avisar a polícia.

— Não. Não dá tempo. Ela tá viva agora, mas não sei por quanto tempo. Esse cara tá segurando ela lá, o pai dele é importante. A polícia vai é ajudar a encobrir.

— Você quer fazer o quê? — O coração de Lucinda está aos pulos. — Ir até lá?

— Você ainda não entendeu? Ninguém vai fazer porra nenhuma, Lucinda. A gente que tem que fazer.

— Onde fica essa fazenda? — perguntou Lucinda, ainda sem acreditar no que estava topando.

— Divisa São Paulo-Minas, pro lado de Minas. Duas horas de carro.

— Puta merda.

— Eu tenho arma de choque — diz Graziane. — E mais umas coisinhas aqui. Posso te encontrar na estrada e a gente vai.

— Eu não tô acreditando nisso.

Lucinda continua sem acreditar, mas assim mesmo marca encontro com ela num posto de gasolina da Fernão Dias, que é caminho para a fazenda, e vinte minutos depois Grazi salta de um táxi.

A primeira coisa que Lucinda nota é que ao vivo Grazi parece uma menina normal. Um pouco mais alta que a média, bonita, unhas feitas, mas normal. Jeans e camiseta. Não tem a mítica "cara de puta". É claro que isso é uma dissimulação calculada, mas... mesmo assim Lucinda não deixa de se admirar.

— Compartilhei com você o endereço — avisa Grazi enquanto encaixa o cinto de segurança.

Lucinda abre o link e constata: era mesmo no meio do nada. Tem a consciência aguda de que talvez esteja entrando numa missão suicida.

— Você já foi nesse lugar, então — pergunta Lucinda. — Tem cachorro lá, caseiro?

— Tem um cara que faz tudo: motorista, caseiro, fazendeiro. Cachorro não tem. Ou pelo menos, não tinha.

Lucinda assente e dá partida. Duas horas e oito minutos de viagem, promete o GPS. Ela pretende ir mais rápido do que isso. O sol está se pondo.

— A gente vai chegar com noite fechada — fala dali a pouco. — Melhor parar o carro na entrada, andar até a casa e dar uma espiada antes de fazer alguma coisa.

— Sim, era o que eu estava pensando — diz Grazi. — Que eu lembre a casa não fica colada na porteira, tem uma estradinha.

Lucinda sacode a cabeça, apertando o volante:

— Eu não acredito no que a gente tá fazendo. Isso é uma loucura.

Grazi não diz nada, deixa-a desabafar.

— A gente vai morrer, sabe — continua Lucinda.

— A gente tem o efeito-surpresa — responde Grazi. — E a gente precisa arriscar, porque a opção é deixar Vivi morrer sozinha.

O olhar fixo de Grazi queima o rosto de Lucinda. Em silêncio, ela continua olhando para a frente e dirigindo. Daí a pouco, lágrimas escorrem pelo seu rosto e ela funga, piscando muito. Mas logo ela as limpa. Pede a Grazi que lhe passe um lenço de papel de sua bolsa. Assoa o nariz. Pisa fundo.

Daí em diante, Lucinda foca completamente na direção e não dirige mais a palavra a Grazi, quase como se estivesse aborrecida com ela por lhe mostrar um trajeto tão claro até a coragem. Sim, Lucinda tinha resolvido investigar o desaparecimento da irmã, mas, depois de certo ponto perigoso, preferia deixar a resolução para os outros. Mas não. Grazi a havia encurralado com um plano impossível de refutar, blindada no amor que sentia por Vivi: se você não topar, é porque a ama menos do que eu.

Que jeito de se conhecer a cunhada.

Lucinda fica repassando em sua cabeça movimentos de artes marciais ofensivos e defensivos. Tem que chegar no cara, ou caras, de perto, e de preferência de surpresa. Quebra o silêncio e explica isso a Grazi: ela tem que atacar primeiro com a arma de choque, especialmente se o sujeito estiver armado, para então

Lucinda imobilizá-lo e desarmá-lo. Se ela não conseguir, as duas estão lascadas.

— Esse cara, o faz-tudo da fazenda: você viu ele bem? Ele é alto, forte?

— Mais baixo que eu, não sei se forte.

Lucinda está se lembrando das pegadas tamanho 39 à beira da estrada.

— E esse Davi, é alto?

— Não conheço pessoalmente. Mas espera. — Rapidamente Grazi joga o nome completo dele na internet, encontra umas fotos. — Ele é novo. Alto, meio forte, mas também nenhum jiujiteiro.

Lucinda monta a história em sua cabeça:

— Então foi o motorista que sequestrou Vivi. Esse Davi é o mandante. Viu o vídeo que mandei? As pegadas do cara que levou Vivi são do tamanho do meu pé. Quer dizer, foi o baixinho. Com sorte, vão ser só eles dois.

O que Lucy não fala — e nem precisa, porque Grazi está pensando a mesma coisa: *com sorte, a gente ainda a pega viva.*

Lucinda repete uma última vez: *você atira com a arma de choque primeiro se vir qualquer um que não seja a Vivi. Mesmo se você errar, eu parto pra cima e imobilizo.* E saem do carro.

Uma luz forte ilumina o exterior de uma casa de fazenda a quinhentos metros de distância. É lá que as luzes estão acesas; é para lá que elas vão. Uma casinha de caseiro às escuras ao pé desse holofote só se torna visível quando as duas estão na metade do caminho, iluminando o chão com a lanterna do celular de Grazi.

E então, elas ouvem o tiro.

A adrenalina toma conta. Elas correm até a casa; a metros de distância, veem a porta encostada. Lucinda sinaliza para subirem ao alpendre pelo lado da janela, que tem cortinas. Grazi enfia o rosto junto ao vidro a tempo de ver uma massa de cabelos femininos pulando para trás do sofá, e observa a cena que Vivi não pode ver: César e Davi lutando pela arma e um gritando para o outro largar; é desesperador, mas Grazi não deve nem tem como sinalizar a Vivi que está presente. Lucinda se aproxima pé ante pé da porta entreaberta e acena para Grazi preparar sua arma. César e Davi caem no chão com um estrondo. Lucinda está se decidindo a ampliar a fresta da porta e espiar melhor quando todos ouvem o segundo tiro.

Este pegou em alguém, com certeza. O som foi diferente, mais abafado.

— Caralho — diz uma voz de homem.

Antes que alguém mais possa reagir, a porta da casa se escancara, puxada, e Vivi corre descalça e desesperada para fora. Teria chutado o rosto de Lucinda se, ao ouvir o estampido, ela não tivesse se afastado da frente do umbral.

César corre para o alpendre e fica ali, fixando a mira em Viviana. Mas Grazi age antes.

As agulhinhas da arma voam pelo ar e ele cai para o lado, tremendo. Lucy prende seus braços e pisa em sua mão, que já havia afrouxado o aperto na arma. Mas não tem jeito, ela precisa pegar no cano da arma para conseguir terminar de desarmá-lo.

— Não encosta na arma, não, Grazi. Chuta pra longe.

Tantas horas de seriado policial tinham que servir para alguma coisa.

Lucinda está recebendo as algemas de Grazi quando Vivi começa a voltar, devagar, em choque. Grazi corre para ela, a abraça, enquanto Lucinda termina de ajustar os aros bem apertados em César, mãos para trás. Ele se debate e as xinga sem parar de putas, vagabundas, piranha e sapatão. Por enquanto, é ignorado.

— E o Davi? — pergunta Lucinda.

— Vou lá ver. Fica aqui, Vivi.

Grazi prepara a arma de choque para outro disparo, entra e volta em seguida.

— Tá desmaiado — diz Grazi. — O tiro pegou na barriga, tá uma sangreira danada.

— E esse aqui?

— Me dá o resto das coisas, Grazi.

Mesmo protestando e tentando aplicar mordidas, César é amordaçado com uma *gag ball*. Uma corda preta é passada pelos seus tornozelos e amarrada com firmeza. Elas entram; Davi está nas últimas, ninguém quer ficar perto dele. Vão para o canto da varanda oposto a César, conferenciar.

— A gente chama a polícia agora? — quer saber Lucinda.

— Polícia, ambulância. Sim.

O que elas não verbalizam, e a essa altura nem precisam, é a possibilidade de simplesmente acabarem com César e irem embora. Vontade não falta. Mas não envolver a polícia pode ser pior; Viviana não ia receber a assistência de que precisa, e, se juntassem provas de sua presença, ela podia ser presa, acusada de crimes que não tinha cometido. Aliás, todas as que foram até ali corriam esse risco. E matar alguém a sangue-frio, por mais que a pessoa mereça, não é uma decisão sem consequências morais e mentais. Lucinda sabia que, por tudo que tinha acontecido até ali, já tinha sua cota de pesadelos suprida pelos próximos anos.

PARTE IV

Viviana

Os dois policiais da viatura que estaciona bem em frente à casa nos encontram sentadas na varanda, a arma ainda no chão e, bem longe da gente, César algemado, amordaçado e de pés amarrados. Dentro da sala, Davi.

Quando o primeiro tiro reboou na sala, mal tive tempo de me encolher como uma bola no sofá. Só depois vi que não tinha sido atingida. Davi tinha desviado o braço de César e lutava com ele pela posse da arma, um gritando ordens ao outro. Eu é que não ia interferir. Pulei para trás do sofá e estava pensando se dava pra correr para a porta quando eles caíram no chão e ouvi um tiro abafado. Pelo som, vi que tinha atingido alguma coisa mole — carne, órgãos internos. Um ser humano. De alguma forma eu já sabia que Davi levara a pior. Ouvi um "Caralho" e um som arfante, entrecortado por gemidos. Espiei: César se arrastava para sair de baixo de Davi, uma mancha rubra crescendo nas costas da camisa cinza do príncipe. Davi pressionava a ferida no abdômen e gemia. Enquanto eu tentava recuperar o controle das pernas, César tinha me esquecido e se desculpava com seu patrão, amigo, meio-irmão, ou sei lá o que eles eram um do outro, por ter deixado uma mulher se intrometer entre eles e a coisa acabar daquele jeito. Imaginei-o sustentando Davi nos braços feito a *Pietà*, já que não podia olhar. Ouvi fungadas. Ouvi um fraco "Não me deixa morrer", depois um mais fraco ainda "Pro hospital" e pressenti que Davi estava perdendo a consciência. Eu não podia mais ficar. Disparei em direção à porta, César me viu, demorou a pegar a arma e segurá-la direito, mas logo se levantou e deu um pique atrás de mim. Passei voando pela porta, corria descalça, sem nem ver onde pisava, com o pé sujo, cascudo, gelado, nada disso importava. Sabia que ele vinha no meu encalço. De repente ouvi o barulho pesado de uma queda e olhei para trás.

Quando vi Lucinda e Grazi subjugando César, meu cérebro finalmente se deu permissão para desligar. Não lembro se falei com elas ou não. Não lembro de uma palavra que elas disseram.

Lembro que fomos para a sala logo depois de ligar para o 190. Grazi se aproximou de Davi, sentiu o pulso dele; ele estava inconsciente e com lágrimas nos olhos; ainda havia pulsação, mas muito fraca. Pela quantidade de sangue que havia no chão e pelo lugar onde a bala o atingiu, logo previmos como aquilo ia acabar. Saímos dali e fomos esperar na varanda, apesar do frio. Eu estava calçada de novo: Grazi me deu sua bota.

Um dos policiais tirou a mordaça que elas haviam colocado em César. Ao ser levado para o carro, ele permaneceu calado, talvez para não se incriminar. A arma foi recolhida e levada para a perícia. Um legista bateu fotos com flash. Lucy teve a presença de espírito de também fotografar a cena do crime, para nos defendermos caso houvesse alguma tentativa de nos incriminar.

Graziane, Lucy e eu andamos até a porteira, onde elas tinham deixado o carro alugado, no qual ficamos de acompanhar os policiais até a delegacia.

Ao sentar no banco do carona me dou conta de que, se Lucy teve acesso à minha planilha, então sabe que eu faço programa. Olho para ela, tensa. Ela entende meu olhar e me tranquiliza:

— Não contei essa parte para a mamãe. Ela já está voltando para o Brasil, aliás.

— Ótimo — respondo.

A caminho da delegacia, no carro, deliberamos que ainda não é hora de contar à nossa mãe com o que eu realmente trabalho. Eu diria que um sexo casual com Davi o tornara obcecado por mim, querendo um relacionamento, e, quando recusei, ele mandara o empregado me sequestrar para tentar me convencer. Mentir para o advogado é um clássico; para a mãe, mais ainda.

Eu me preocupo com a arma de César, que Lucinda tocou. César pode torcer a história toda, alguma de nós pode ser acusada de tê-la disparado, ainda mais se ele contasse com o apoio dos advogados da família Rodrigues. Mas o pai de Davi não iria mais considerar César "da família" se ficasse claro que ele havia matado seu único filho. A hipótese em que eu havia pensado voltou à minha cabeça, a de que talvez César fosse meio-irmão de Davi. Nesse caso, as coisas poderiam ficar ainda mais perigosas.

Ouvindo minhas suposições, Lucinda me oferece um comprimido que tem na bolsa para eu relaxar. Digo que não quero relaxar, quero sangue nos olhos para fazer aquela denúncia que, podíamos apostar, não vai ser fácil. Aceito, em vez disso, um analgésico.

Na delegacia, porém, a delegada de cabelos cacheados nos ouve e aceita nossa denúncia, enquadrando César nos crimes de sequestro, agressão, cárcere privado, tentativa de feminicídio e outros mais. Ela só se recusa a fazer o B.O. de estupro — "Pra quê, se o acusado não tem nem mais como se defender?". Lucinda e eu insistimos e repito como tinha acontecido. A delegada propõe registrar que eu tinha sido estuprada depois de ser induzida a ingerir drogas — "induzida", não, eu corrijo: "coagida" — e que portanto eu não sei informar o autor do ato. Discutimos junto do escrivão. Ao fundo, vejo um funcionário passando com cara de riso. Me recuso a assinar a denúncia da forma como está. A delegada, então, me encaminha para fazer o corpo de delito referente às outras acusações. A família de Davi já foi informada, o pai dele está vindo para cá de jatinho, e eu não quero me encontrar com ele.

Já é madrugada e sou encaminhada ao IML de uma cidade próxima (não tão próxima), onde batem fotos do meu corpo machucado e fazem muitas perguntas. Há marcas visíveis dos dedos de Davi ao redor do meu pescoço, sob o cabelo. Eu não tinha me dado conta do quanto ele havia apertado meu pescoço; talvez tivesse feito isso de novo enquanto eu estava dopada. Meu rosto arde depois de tantos tapas que eu levei de Davi, mas não havia marcas. Porém, o galo na cabeça, as contusões, os hematomas e os arranhões: tudo é contabilizado. Constatam uma possível luxação na minha costela, que, de fato, havia começado a doer depois do soco que César me dera no estômago, e notam algo no meu ombro e no braço. Então o legista me encaminha ao hospital. Faço exames lá, mas, como os resultados só vão sair na manhã seguinte, peço sedação; me dão, e apago. Lucinda e Grazi assumem o comando. Quando acordo de manhã, minha mãe está ao meu lado. Me abraça forte, com cuidado por causa do meu estado, um papel roçando meu cabelo por trás.

— Fiz aquela delegada salafrária corrigir o B.O. — diz ela, agitando o papel na frente do meu rosto. — Agora você vai ter direito ao kit. E, se quiser, a outro corpo de delito.

Eu não quero. Tomo as pílulas que me dão, subo nas máquinas que me pedem e volto a meu sono induzido. A imprensa local, que consiste em um jornalista e um fotógrafo, aparece, querendo entrar na enfermaria para me entrevistar. Lucinda e minha mãe espantam os dois com ameaças legais, mas eles continuam rondando a recepção. Grazi não sai de junto de mim. Quando acordo, resolvemos assumir nosso namoro para minha mãe, sabendo que aquelas circunstâncias horríveis podiam ser estranhamente propícias à nossa aceitação como casal. Minha mãe fica um pouco nervosa, mas depois diz "minha filha, eu te amo, isso não importa, há quanto tempo vocês estão juntas?". "Está tudo bem, está tudo bem", ela repete, abraçando a mim e à Grazi, enquanto Lucinda nos olha de esguelha perto da porta, ominosa portadora da outra verdade, a da minha profissão secreta. Por enquanto não penso em revelá-la, mas sei que um dia vai ser inevitável.

Por fim, recebo alta. Mamãe diz que vai ficar mais um pouco na cidade, para acompanhar os trâmites: "Sei como a banda toca em cidade pequena: se não tiver alguém em cima de um caso como esse, tudo pode acontecer". Com o celular, ela tira novas fotos dos meus hematomas, agora ainda mais pronunciados, e diz que vai ao IML da cidadezinha. Lucinda vai levar Grazi e eu a São Paulo em seu carro alugado.

Me ponho de pé devagar, tomo um banho e visto a roupa nova que Lucy tinha comprado para mim numa malharia local. Eu, que tanto deplorava família, estava vendo a minha, a de sangue e a de consideração, me resgatar e me reerguer. Me sinto dividida entre a lealdade que devo a mim mesma enquanto ser independente, autossuficiente e que queria distância da humanidade, e a lealdade que devo àquelas que, afinal, possibilitaram a minha efetiva sobrevivência. Já me sinto mudar, mas ainda não sei para o quê.

Ao passarmos pelo balcão de entrada do hospital, aceno para uma enfermeira que havia cuidado de mim, Rosali. Ela acena de volta. Seus olhos estão enormes, como se visse em mim um fantasma. Fico com a sensação de que signifiquei alguma coisa para ela, de que talvez ela também tenha passado pelo que passei. O que as mulheres daquelas cidades amordaçadas teriam para contar, se alguém perguntasse — e quisesse ouvir?

Grazi sai com a minha mãe para distrair a pequena equipe de reportagem que ainda está de tocaia, avisada de minha alta. Lucinda e eu saímos por outra porta do hospital e vamos até o carro, estacionado sob uma árvore do outro lado da praça. Grazi está à nossa espera na rua de baixo, em frente a uma lanchonete.

De repente, surge outra cabeça ao lado de Lucinda, a de um homem com tom de pele libanês e uma barba quase branca, em alto contraste. Ele me parece familiar. A princípio, penso que é um médico do hospital, mas, ao olhar em seu rosto, não o reconheço.

— Com licença. Meu nome é Omar Rodrigues — diz ele, olhando para mim. — Pai do Davi, que acabou de morrer.

— Por pouco não fui eu — respondo, andando mais rápido.

— Ele era bom demais para este mundo.

Ele me sequestrou, me agrediu e me estuprou, penso em falar, mas não falo. Mas é como se eu tivesse falado, porque ele me *responde*, quase gritando, atrás de mim:

— Ele era doente! Entendeu? Ele era.

Não digo nada. E aquilo devia desculpar qualquer coisa? O que quer que eu tivesse sofrido? Eu quero entrar logo no carro, mas Lucinda demora a encontrar a chave perdida em sua bolsa gigante.

— Viviana — diz Omar, e eu olho para o seu rosto vermelho e choroso. — O Davi era meu único filho. Meu único herdeiro. Tudo o que eu tenho… vai morrer comigo.

Continuo calada, olhando para a porta do passageiro, enquanto Lucinda, do outro lado, enfim abre o carro. Quando puxo a maçaneta para abrir a porta, ele segura o meu braço.

— Eu vim te pedir... por favor. Se meu neto estiver aí, não tira.

Me desvencilho com um repelão, me sento no banco e bato a porta. Ele baixa o rosto até a janela do carro e grita:

— Ouviu? Meu filho não é estuprador. Você não vai tirar meu neto! Eu vou entrar na Justiça!

Lucinda acelera. Enquanto nos afastamos, o pai de Davi continua parado no meio da praça, repetindo as mesmas coisas, aos gritos. Especialmente *justiça*.

Agradecimentos

À Anna Luiza, à Luciana, ao Miguel e a toda a equipe da agência Villas-Boas & Moss pelo empenho em fazer este livro acontecer.

A toda a equipe da Companhia, em especial Luara França, Alice Sant'Anna e Luiz Schwarcz, por acreditarem tanto neste livro desde que ele era apenas um projeto.

Aos queridos Rodrigo Deodoro, Amanda Miranda, Helloara Ravani, Sandra Campos, Raphael Montes, Stephanie Fernandes, Daniel Lima, Osmar Shineidr, Fernanda Celleghin, Janaína Tokitaka, Janaína Ananias, Camila Dias da Cruz, Mônica Surrage, Laís Alcântara, Luciana Tamaki, Márcio Pinheiro, Cíntia Marcucci, Thiago Straus Rabelo, João Cezar de Castro Rocha, Amanda Giordano e Maria Clara Drummond pelas leituras beta, sugestões e apoio moral/logístico durante a criação deste livro.